JN106256

AUTHOR:
東堂大稀
ILLUSTRATION らむ屋

Oidasareta
Banno-shoku ni Atarashii Jinsei
ga Hajimarimashita

主な登場人物
Main Characters

クリストフ

冒険者パーティー『望郷』の
斥候・剣士。軽薄な外見に
反して真面目な性分。

ベルンハルト

『望郷』の魔術師。
普段は無口だが、
魔法のこととなると人が変わる。

ロア

本編の主人公。
冒険者パーティー『暁の光』で
万能職を7年務め、追放された。
探究心豊かで気弱な少年。

魔狼の双子

ロアの従魔。
彼によく懐いており、
名付けられる日を待っている。

アイリーン
城塞迷宮（シタデルダンジョン）調査団の団長。
何かと暴走して周囲を振り回す。
ジョエル
城塞迷宮（シタデルダンジョン）調査団の実質的な
まとめ役。一言多いのが玉に瑕。
ブルトカール君
冒険者ギルドの従魔。
愛らしい可憐小竜（タイニードラゴン）。
グリおじさん
ロアの従魔のグリフォン。
傲慢だが実力は規格外。
ピョンちゃん
グリおじさんと旧知の翼兎（ウイングラビット）。
ある薬草園を守っている。

第十二話　色々な秘密

朝が来る。

しかし、木々に日差しを遮(さえぎ)られた森の中は暗く、朝という実感はない。

昨夜はまさに混乱と恐怖の夜だった。

城塞迷宮(シタデルダンジョン)調査団は、森の中でウサギたちに襲撃された。取るに足らない、子供が狩猟(しゅりょう)の練習で最初に狩るような普通のウサギたちに襲われ、訓練を積んだ騎士や兵士たちが翻弄(ほんろう)されたのだ。

ほぼ壊滅(かいめつ)と言っていい損害を被り、死者こそ出ていないものの、その機能は一時崩壊した。

唯一、対抗することができたロアと従魔(じゅうま)たちの存在がなければ、全員が狂乱状態(パニック)を起こしてバラバラに敗走(はいそう)して、森の中で行方不明(ゆくえふめい)になっていたことだろう。

騎士や兵士たちの頭にはその時の恐怖が焼き付き、それは安全が確保され、休息をとっている今もなお、重い空気を漂(ただよ)わせる要因となっていた。

彼らが目的地としている城塞迷宮(シタデルダンジョン)は、グリフォンを主とした魔獣の住処である。グリフォンは飛行することによって広い範囲を縄張(なわば)りとし、その気性の荒さもあって人間にとってはかなり危険な魔獣だった。

また、その周囲は古戦場（こせんじょう）だったこともあり、多くの不死者（アンデッド）が徘徊（はいかい）する場所になっていた。人間にとっては踏み込めばすぐに死が訪れる、まさに死地と言っていい場所だ。

普通であれば、そんな場所にわざわざ踏み込む理由はない。

しかし、一カ月ほど前にアマダンの街にグリフォンが飛来し、混乱を引き起こしたことがあった。

一応は、ロアが元々所属していた冒険者パーティーの『暁（あかつき）の光』が従魔にしていたグリフォン、つまりグリおじさんが、パーティー壊滅時に一時的に逃げ出した時の行動として決着がついた。公式発表でもそうなっている。

それは事実なのだが、真実を知っているロアたちが口を噤（つぐ）むことにしたため、曖昧（あいまい）なままの決着となっていた。そのため、裏付けを取る必要が出てきてしまったのだった。

そこで、街に飛来しそうなグリフォンの住処である城塞迷宮（シタデルダンジョン）を調査し、まだそこにグリフォンがいることを確認して、裏付けに代えることにしたのである。

その確認のために編成されたのが、彼ら城塞迷宮（シタデルダンジョン）調査団だった。

実のところ、この調査が成功するなどと思っている者は誰もいない。生き残るのも困難な場所で、そこの主の存在を確認するなど不可能と言っていいからだ。

あくまでこの調査団は、城塞迷宮（シタデルダンジョン）に調査団を送ったという言い訳を作るための、いわば生贄（いけにえ）のような集団だった。そのため、アマダン伯領（はくりょう）の騎士団や兵士たちから、実力不足で役に立たない者や、様々な理由で目障（めざわ）りとされている者たちが集められていた。

死んでも関与しないどころか、彼らはむしろ全滅を望まれて送り込まれている。

実力がある者も交ざっているが、協調性がないなど集団戦闘に向かない者たちばかりだ。その筆頭が、彼らを率いる立場の瑠璃唐草（ネモフィラ）騎士団なのだから、頭の痛い話である。

そんな調査団に、ロアが同行したことは、調査団にとって不幸中の幸いと言ってもいい。

ロアもまた、商人たちや冒険者ギルドなど、彼のことを目障りに感じた者たちの思惑が交ざり合って、この調査団に参加している。

拒否することもできたが、ロアは条件を付けて参加することにした。その条件とは、この調査が成功した時に、報酬（ほうしゅう）として、自分を見習い職である万能職から正式な冒険者と認めることだった。

彼自身は自分のためにこの依頼をこなしているという自負があるため、調査団のためにやっているという気負いはない。

しかし、ロアがいることが、調査団の者たちの大きな助けになっていることは間違いなかった。

今も、ロアの周りにいる騎士や兵士たちは、彼を目で追っている。監視しているわけではなく、その行動が気になるのだろう。ロアの行動次第で、自分たちの未来が大きく変わることを、彼らは悟（さと）っていた。

唯一、昨夜の襲撃でウサギたちに対抗できたロアの存在が、彼らの心の支えになっていたのである。

そんな中で、ロアだけが自分がそんな目で見られていることに気が付いていなかった。

夜明け前に起き出したロアは、横倒しになって壊れた馬車を黙々と解体していた。

薪(たきぎ)の炎だけでは手元が見え辛いため、頭上にはロア自身が出した魔法の灯りが浮いている。以前なら灯りを出す程度でもすぐに魔力切れを起こしていたが、今はグリおじさんと魔力を共有しているため大丈夫だ。一日中どころか、数年灯しっぱなしでも問題ない。

ウサギの襲撃によって壊れた馬車は、森の中の通り道を見事に塞(ふさ)いでいた。壊れたまま放置するわけにもいかず、昨夜のうちに、ある程度は野営の薪(まき)にするために兵士たちの手で解体されていた。だが、骨組み部分はほぼそのままだ。

軍用馬車の骨組みは、重い物資や人員を運ぶために魔法で強化されており、そう簡単には解体できないのだった。

今この場で解体できるのは、ナイフに風の魔法を纏(まと)わせることができるロアだけだろう。

そのため、ロアがナイフで切って解体し、それを見張りで起きている兵士たちが運ぶという流れになっていた。

本当なら、ナイフに魔法を纏わせられることは隠しておきたかったが、ウサギとの戦いで全員に見られてしまったので、今更だからと気にせずに使っている。

「それにしても、スゲーもんだなぁ」

ロアが骨組みを簡単に切り裂くのを見ながら、木材を運んでいる兵士が声を掛けてくる。

ロアはそれに何と返していいか分からず、愛想笑いで応えた。

彼にとってこの力は借り物だ。グリおじさんと従魔契約をした恩恵であり、自分の実力ではない。そう考えている所為で、褒められても手放しには喜べなかった。

昨夜から兵士たちや騎士の一部との関係は良好だ。それまでの険悪な雰囲気が嘘のようだ。

自分たちをウサギから守り、傷も魔法薬で治療したロアを、兵士たちは尊敬の眼差しで見つめてくる。感謝の言葉を伝えてくる者も少なくない。

そんな中でも、瑠璃唐草騎士団だけは違っていた。

彼女たちは、ロアを恨みが籠った目で睨んでくる。自分たちが得るはずだった栄誉を奪ったとでも考えているのだろう。ただ、実害も口出しも一切ないため、ロアは仕方がないかと諦め気味に放置していた。

「朝から精が出るな！　冒険者殿！」

また別の声が掛かる。ロアが作業の手を止めて顔を上げると、そこにいたのは男性の騎士だった。

昨晩のウサギの襲撃時に、ウサギの存在に真っ先に気付き、その後も必死に兵士たちを取りまとめていた騎士だ。

ここまで調査団の行動を取り仕切っていた瑠璃唐草騎士団の女騎士たちが役に立たないため、本来の仕事ではないものの、昨夜の野営の指示なども彼が行っていた。今までほぼ無視されていたロアに、壊れた馬車の解体をお願いしてきたのも彼だ。

彼は瑠璃唐草騎士団員ではなく、この調査団のために臨時で組み込まれた騎士だった。騎士としての実力はあるように見えるが、何か失敗をしてこの死地に赴く任務を押し付けられたのだろう。鍛えられた身体に適度に切り揃えられた髪という、いかにも騎士らしい真面目そうな感じだが、旅慣れておらずマメに手入れできていないのか、その口元には無精髭が浮いていた。

「おはようございます！」

「貴殿がいてくれて本当に助かった。もう一度礼を言わせてくれ」

彼は大柄な身体を折り、ロアに対して深く頭を下げる。

「やめてください。その……オレも一応は調査団の仲間ですし、これも仕事ですから。礼を言われるほどのことではないです」

ロアはいきなり頭を下げられるとは思っておらず、戸惑い、照れる。

今まで騎士から礼を言われたことなどないため、こういった状況には慣れていない。

それに、半ば無理やりとはいえ、同じ仕事を任された調査団の人間はロアにとって仲間だ。それを助けるのに理由など必要なかった。

仲間は助けるもの。

ロアがなりたい本当の冒険者とは、そういう生き方をしている人間だ。

「しかし、我々が今生きているのは貴殿のおかげだ。頭くらい下げるのは当然だ！」

「いえ、そんな……」

そこまで言われて、ロアはさらに恐縮してしまう。

彼はグリおじさんから色々聞いており、なんとなくウサギの襲撃の裏事情を察している。

ウサギが不殺(ふさつ)を心がけているのを知っていたため、騎士や兵士たちのように、殺されるかもしれないという恐怖も感じていなかった。だからこそ、接触した瞬間に遥か格上だと感じたあのウサギの王とも、落ち着いて戦えたのだ。

そう思うとどうも詐欺のようで、こうやって頭を下げられると、申し訳ない気持ちが先に立ってしまった。

「高価な治癒魔法薬を使って、ケガ人も助けてもらった。感謝するしかないだろう！」

「あれはオレが作った物なので、全然高くないんです」

「なに⁉　冒険者殿は……」

騎士が驚いた表情を浮かべる。

「あ、ロアです！　ロアと呼んでください！　殿なんて付けてもらえるほどの身分じゃないですし、恐縮するというか……敬語もなしでお願いします！」

「ん？」

唐突に言われ、騎士は一瞬表情を曇(くも)らせた。しかし、次の瞬間には笑みを浮かべる。

「そうか。それは逆に申し訳なかった。では、ロアくんと呼ばせてもらおう。私はジョエルだ……それで、ロアくんは錬金術師でもあるのだな？」

「はい」

騎士……ジョエルの視線はロアの腰に向いていた。

作業をしていたために、ズボンのベルト通しに付けている、四角柱の生産者ギルドのギルド証が、見える位置に来ている。

先ほどの、治癒魔法薬を自分で作ったというロアの発言が気になり、思わずその証を探したのだろう。

ギルド証を付ける位置は、各ギルドで大まかながら決まっている。

これはルールがあるわけではなく、ギルド証の形状と各職業の特性から自然とそうなっていた。

冒険者ギルドであれば、ギルド証は穴の開いたプレートのため、紐などを通して首にかける者が多い。商人ギルドであれば、カード型のために胸ポケットに入れる者が多い。

そして、生産者ギルドの場合は、紐が通せる四角柱のため、ベルト通しに付けて腰にぶら下げる者が多いのだった。

これは、生産者に、下を向いて手先を使う作業をする者が多いこととも関係がある。首にかけると邪魔になり、ポケットには道具を詰め込むことが多いからだ。

ジョエルはそのことを知っていたに違いない。

そして、生産者ギルドのギルド証を見て、安心したようだった。ギルド証を持つということは、安定して高いレベルの物を作れる証であり、兵士たちが飲んだ魔法薬が問題ない物であったという証拠でもある。

先ほどジョエルが一瞬表情を曇らせたのも、それに起因している。実のところ、錬金術師というのはそれほど低い地位の存在ではない。正式な階級が与えられているわけではないが、それなりの扱いを受けてもおかしくない立場なのだ。

それなのに自分の地位を低く見ているロアに、ひょっとしたら詐欺まがいの錬金術師ではないかと疑ってしまったのだった。

「その年齢でギルドの二重所属とは珍しいな。才能に溢れているのだな」

「いえ、そんな……」

ロアは思わず口ごもる。

今回の城塞迷宮の調査を失敗すれば、期限切れで、自動的に冒険者ギルドを追い出されるなどと言える雰囲気ではない。

何と返答していいか分からず言葉を探していると、急にジョエルの顔が強張った。

〈何をしておるのだ？〉

「あ、グリおじさん」

背後から声が掛かり、ロアが振り向くとグリおじさんがいた。グリおじさんは昨夜、いつもの抜け出し癖を発動させてどこかに出かけて行った。ロアは、旧知であるらしい襲撃してきたウサギの王か、もしくはその王の主に会いに行ったのではないかと考えている。

〈今帰ったぞ〉

そう言って、グリおじさんはその頭をロアの頬に擦り寄せる。

「ちょっと……え？　酒臭い……」

口からだけでなく、身体全体から酒の臭（にお）いが漂ってくる。

グリおじさんが酔って帰って来たことを周囲に知られるとまずいと思い、ロアは声を潜めた。

〈旧知の者に勧められて、仕方なく飲んだ。仕方なくだ、本当だぞ？〉

「……一応、周囲の敵の調査に出てるって言ってあるんだよ？　酒臭かったら言い訳できなくなるよ……」

グリおじさんが昨夜からどこかに出かけていたことは、周囲の調査を依頼したということにしていた。

この森に入る前であれば、ロアたちは調査団から離れて野営をしていたので、姿が見えなくても気付かれなかったが、森の中では安全のために一カ所に集まって夜を過ごしていた。そのために言い訳が必要だったのだ。

なのに、酒の臭いをさせて帰って来たのでは、調査という言い訳が成立しない。

そもそも、従魔が酒を飲んで帰って来たという時点で、変に思われるだろう。

〈風の魔法で臭いは抑えておる。このように密着でもせぬ限り臭わぬ〉

そう言いながら、グイグイとロアに身体を密着させてくる。酔っ払いにありがちなグリおじさんの執拗さに、ロアは両手で押し退けて抵抗した。

別に本気で嫌がっているわけではないが、一応人前だ。話していた相手を放置して、従魔とじゃれ合っては不快にさせてしまうだろう。

そう思って、先ほどまで話していたジョエルを見ると、彼は引き攣った顔で固まっていた。

「すみません。話の途中だったのに従魔の相手をしてしまって。グリおじさん、しつこい」

ジョエルに声を掛けながら、ロアは近くにあった壊れた馬車の木材を手に取ると、グリおじさんの頭をポカリと叩いた。

「ひっ……」

叩かれたグリおじさんは平気な顔をしているのに、なぜかジョエルが驚いて息を呑み、喉から悲鳴のような奇妙な音を出した。

「ジョエルさん？」

「……いや、何でもない。豪胆なのだな……」

「？」

真っ青な顔のジョエルにロアは首を傾げた。ロアにとっては、グリおじさんを何かで殴るなどいつものことだ。向こうもどうせ蚊に刺された程度にも感じていない。

「あのー、ジョエル様」

そこに、ジョエルの背後から声が掛かった。少年兵だろうか、兵士にしてはやたら華奢だった。

彼もまた青ざめた顔をして震えている。ジョエルに声を掛けたというのに、視線はグリおじさんに向いているその姿を見て、ロアもやっと二人がグリおじさんに怯えていることに気が付いた。

「何だ？」

「アイリーン様がお呼びです」

「そうか……ロアくん、申し訳ないが失礼させてもらう」

そう言って、一度大きく安堵の息を吐くと、ジョエルはロアから離れていった。

足早に立ち去る姿を見て、ロアは怯えさせたことを申し訳なく感じたのだった。

「それで、旧知の人って誰だったの？」

ジョエルを見送った後、ロアは壊れた馬車の解体を再開する。

グリおじさんがロアの傍から離れないために、切り出した木材を運んでくれる兵士たちは近寄って来ないが、後でまとめて処理してもらえばいいだろうと、ロアはそのままグリおじさんに話しかけた。

〈昔の知り合いだ〉

「……そりゃ、旧知なんだから昔の知り合いだろうね。そうじゃなくて、どんな人なのかなと思ってさ。やっぱりあのウサギたちの主なの？」

ロアは、ウサギたちを率いていたウサギの王にさらに主がいるのか、という疑問も含ませて尋ねてみる。

〈まあ、そのようなものだ。時が来たら会わせてやるから詮索するでない〉

しかし、グリおじさんははぐらかして具体的には答えてくれない。

ロアとしては、酒を飲んで酔っている今なら口が軽くなっているのではないかと思って話しかけたのだが、それほど簡単ではないらしい。

そもそも、グリおじさんの隠し事は、理由を聞くとほとんどが「恥ずかしいから」とか「秘密がある方がカッコいいから」とか「ちょっとしたイタズラ」だったりする。だから今も、たいした理由があって隠しているわけではないのかもしれない。

「じゃあ、昨日のウサギたちに襲われたのは何だったの？　オレも巻き込まれたんだから教えてくれるよね？　けっこう苦労したし」

〈あれは腕試しだ。この国の人間が無駄に死なないようにやっている〉

グリおじさんは、作業をしているロアの肩に頭を乗せて顎の下を擦りつけた。体重をかけてこないので重くはないが、作業の邪魔だ。

「だから、お酒臭いって」

ロアはそれを手で押し退ける。

〈ウサギの相手すらできぬ者は、ここから先に進めば確実に死ぬからな。篩にかけておるのだ〉

「篩？」

〈昔にこの国を守っていたやつと知り合いでな。この国の住人に安易に死なれては寝覚めが悪いので、ピヨ……この森を守っている旧知の者と相談して、力の足りぬ者はその心を折って追い返すように取り決めた。ウサギたちの鍛錬にもなるので一石二鳥(いっせきにちょう)だ。小僧にウサギの王(あのもの)が戦いを挑んだのは、我と同行している小僧に興味を持っただけのようだがな〉

「ふーん。まあ、それならいいか……」

ロアはあっさりと納得する。

グリおじさんの言葉を信じるなら、この森の中を通って城塞迷宮(シタデルダンジョン)周辺に入って死ぬ者の数を減らしている、ということなのだろう。

悪いことをしているのでなければ、ロアとしては問題ない。

ふと、それだったら、グリおじさんが城塞迷宮(シタデルダンジョン)を巣にしていた時に、人間を殺さないように指示を出していれば済んだのではないかとも考えたが、すぐにそれは無理だと気付く。

縄張り(なわば)に入り込む人間を許す魔獣はいない。

そもそも、グリおじさんが縄張りの頂点の存在だったのだとしても、それは力による支配なだけで、他の魔獣に命令できる権利があるわけでもない。そもそも命令を聞けるような知能が、普通の魔獣にはない。

魔獣は本能で生きている。考えて行動しているグリおじさんや双子はかなり特殊なのだ。

それに、人間だって自分の住んでいる所に魔獣や害獣が入り込めば殺すのだから、逆の立場の時だけ許してもらおうなどというのは、調子が良過ぎる。

こうやって、多少でも死ぬ人間が減るように配慮してもらっているだけでも、かなりの高待遇だと言って良い。

〈小僧こそ、あの者たちと何の話をしていたのだ？〉

グリおじさんの問いかけに、ロアの表情は曇った。

「その……感謝されたんだ」

感謝されたと言う割にロアの口調は弱々しい。そんなロアに納得がいかないものを感じて、グリおじさんは擦りつけていた頭を上げるとロアの目を真っ直ぐに見つめた。

探るようなグリおじさんの瞳に、ロアはそっと目を逸らした。

〈感謝されたことに問題があるのか？　昨夜の小僧はそれに値する働きはしていたと思うぞ？〉

騎士が手も足も出せなかったウサギたちの襲撃を抑えたのだから、ロアは十分な働きをしたと、グリおじさんは思う。いくら自己評価の低いロアであっても、自分の働きが評価に値することは分かっているだろう。

なのにロアはどこか不安げな表情を浮かべていた。

「そういうわけじゃないけど……大丈夫なのかなって」

〈何がだ？〉

「皆をちゃんと守れるのかなって。感謝してもらって、改めて守りたいと思ったんだ」

〈……〉

グリおじさんは、口を開けて呆れた目でロアを見つめることしかできなかった。

ロアが最初からこの調査団の人間たちを守りたいと思っていたことは、グリおじさんも知っている。それがロアが憧れる冒険者の姿だからだ。

しかし、自己評価の低いロアは、それはあくまで希望であって、自分では達成できるはずがないと半ば諦めていた。

だが、今のロアは自分どころか従魔たちに頼ってでも、絶対に調査団を守りたいと思っていた。感謝されたことで、改めて強くそう思った。

ロアが感じた不安は、守りたいという思いの強さによって現れたものだ。

〈ふふふふふ……欲が出たか！　良い傾向だ！〉

呆れた目から一転して、グリおじさんは笑った。

これはロアにとって良い傾向だろう。

無意識だろうが、今のロアは騎士や兵士を保護対象として見ている。それは自己評価が低いままではありえない話だ。

ましてや、自分ができるかどうか不安に思うなど、それなりにできるという自信がなければ成り立たない。もちろんそれはグリおじさんや双子の力を当てにしてのものだろうが、力を借りられるということはそれもロアの力の内だ。ロアだからこそ、グリおじさんたちはその望みのために力を貸すのだから。

少しは意識が変わったかと、グリおじさんはほくそ笑む。

ならば、グリおじさんがすることは決まっている。

〈小僧！　何を不安に感じる！　何も不安などないぞ！　我がいるのだからな！〉

まるで肩を抱くかのように、翼でロアの身体を包み込む。酒の臭いがして、ロアは顔をしかめた。

〈辛気臭い顔をするな！　何か楽しいこと……そうだ、先ほどは時が来たらと言ったが、今夜にでも行くか？　あそこには小僧が好きそうな珍しい薬草があるからな！　小僧も元気が出ると思うぞ！　何せ『賢者の薬草園』と言われるくらいで……〉

「え？」

思わず、という風にロアが声を上げた。

〈ぬ？　どうかしたか？〉

「グリおじさんって、やっぱり賢者様に縁がある人と知り合いだったんだね！」

〈ハァ!?〉

自分の失言を悟ったのか、グリおじさんはあんぐりと口を開けて固まった。

「昔の賢者様のお弟子さん？　ウサギの王はその従魔？」

〈何のことか分からぬが……〉

グリおじさんは視線をあらぬ方向に這わして必死に何かを考えているようだった。人間だったら顔色を変えて冷や汗を流しているところだろう。

「でも、グリおじさんって、姫騎士アイリーンの劇に出てくる、昔の賢者様みたいな詠唱を使ってたよね？」

姫騎士アイリーンは昔の有名人であり、現代でもよく演劇になっている人物だ。大きな劇場だけでなく、大衆演劇でも上演される。

その劇の中に、アイリーンと共に旅をしていた賢者が、歌のような詩のような不思議な詠唱を使う場面があった。

グリおじさんは、ロアの知る限り一度だけ詠唱魔法を使っていた。

アルドンの森の事件の最後に遭遇した、巨大なスライムを倒すために、最後に放った詠唱魔法がそれだ。

巨大スライムはあまりに巨大で、あまりに大量の魔力を蓄(たくわ)えていたためロアと双子の魔狼では倒しきれず、最後はグリおじさんの詠唱魔法で倒したのだった。

その時にグリおじさんが使った詠唱が、演劇で使われる詠唱にそっくりだったのである。

劇中でその詠唱は賢者独自の詠唱だと語られており、どんな魔法使いが真似をしてみても魔法が発動するはずがない詠唱だった。歌うような詠唱のため、最初にこの演劇が作られた時に、演劇用に演出されたものだというのが定説になっていた。

しかし、グリおじさんはそれにそっくりの詠唱を使って魔法を発動させてみせたのである。

ならば、グリおじさんが賢者に縁がある者と知り合いだとロアが勘繰(かんぐ)るのも仕方ないだろう。

〈待て！　あの時小僧は耳を塞（ふさ）いでたはずでは⁉〉

「え？　まだ気付いてなかったの？　グリおじさんの『声』は耳を塞いでも聞こえるよ？」

〈ぐっ……〉

グリおじさんの感覚では、魔獣が詠唱魔法を使うのはかなり恥ずかしいことらしく、詠唱を始める前に、ロアたちは耳を塞いで聞こえないようにしておけと言われた。

しかし、グリおじさんの『声』は本当の声とは違って、耳を塞いでも聞こえたため、ロアはその全てを聞いていたのだった。

ロアは、グリおじさんならすぐにそのことに気付くだろうと思っていたが、そうではなかったらしい。

肝心な時に抜けている憎めないグリおじさんを愛おしく感じ、ロアは微笑んだ。

ただ、微笑まれたグリおじさんはというと、ロアのそれが弱みを握った嘲笑（ちょうしょう）に見えて、全身の羽毛と獣毛を恐怖で逆立てる。

〈……飲み過ぎたようだ、我は寝る！〉

ごまかすように大声を上げると、グリおじさんはまだ話したそうにしているロアを放置して、焦ったようにロアの下を離れていった。

「そんなに恥ずかしいことなのかな？」

ロアは不思議そうに首を傾げる。

何にせよ、うやむやのうちにロアの不安は吹き飛んだらしい。

ロアはいつもの調子に戻り、再び作業を始めるのだった。


その後、ロアたちが壊れた馬車を片付けた後も出発の号令はかからず、日は高くなり、深い森にも木漏れ日が差すほどの時間になっていた。

その原因は、今後をどうするかという会議にあった。

ジョエルが呼ばれたのはその会議をするためで、それが延びに延びているのだ。

騎士団長アイリーンと騎士たちは、天幕が張れないため馬車の陰に集まり、遮音の魔法を周囲にかけた状態で話し合っていた。意見が分かれ、無駄に時間だけを費やしている。

今後と言っても、議題はどうやって城塞迷宮まで行くかではない。

もっと根本的な話で、「この先に進むか」、「ここで諦めて帰るか」という話し合いだった。

普通の動物でも最弱の部類に入るウサギにやられ、ロアたち以外はまともに戦うことすらできなかったのだから、こういった話になるのは当然のことだろう。

ロアたちが撃退したことで、完全に心が折れるまでには至らなかったが、それでも先に進んで生き延びられるかを考える機会となった。

グリおじさんの言う「篩」が上手く機能したということだ。

この先に進み、城塞迷宮へ行くことを推しているのは、瑠璃唐草騎士団の女騎士たち。対して、ここで諦めて帰ることを推しているのは、ジョエルを筆頭とする三人の臨時編入された男騎士たち。

都合のいい妄想（もうそう）に囚（とら）われている女騎士たちに向かって、男騎士たちは現実的に生き残ることを優先させるよう進言していた。

「絶対に無理だ。無駄死にすることになる。諦めて帰るべきだ」

ジョエルが声を荒らげて放った言葉に、女騎士たちは刺すような視線を返す。

「我ら瑠璃唐草（ネモフィラ）騎士団の名誉（めいよ）はどうなる！　このままでは帰れん！」

言ったのは、瑠璃唐草（ネモフィラ）騎士団で最年長の女騎士だった。

彼女はアイリーンの片腕として、騎士団を創立当時から取り仕切っている人物だった。名はイヴリンという。

瑠璃唐草（ネモフィラ）騎士団の中で、本当の意味で騎士として戦える実力を持った唯一の存在と言ってもいいが、アイリーンへの忠誠心が強過ぎて目が曇っている。

アイリーンの言動を全て肯定し、それを正しいと思い込んで行動する。彼女の騎士としての力もアイリーンを守ることに割かれるため、まともな戦闘をしない。実力に反して戦場では役立たずだ。

「我らがウサギにすら手も足も出なかったことを忘れたのか？　冒険者殿が撃退してくれなければ全滅していたのだぞ！　せっかく拾った命だ、引き返すべきだ！」

「それは……」

ジョエルの言葉に、イヴリンは言葉を詰まらせる。

あの襲撃では、アイリーンがいる馬車を守るだけで必死だった。もう一人、魔法使いとしての才能が高い者と組んで、二人がかりで守っていたというのにボロボロにされたのだ。

「……冒険者とグリフォンがいるではないか！　あれらがいれば問題ないだろう！」

言葉に詰まりながらもイヴリンが導き出した答えが、これだった。

「他人に頼り切って何が名誉だ！」

即座にジョエルの罵倒（ばとう）が飛んだ。

女騎士たちの鎧は無残（むざん）にも歪んで傷つき、所々部品が欠けている状態だ。ウサギたちに執拗に攻撃された結果だ。光をやたらと反射する派手な鎧が、ウサギたちを刺激してしまったのだろう。すでに治癒魔法薬で治っているが、ウサギの襲撃直後は、彼女たちの身体にも擦り傷と切り傷が付き、酷い状態だった。

それでも彼女たちが城塞迷宮（シタデルダンジョン）行きを頑強に主張するのには理由があった。

もう、後がないからだ。

この城塞迷宮（シタデルダンジョン）の調査を失敗すれば、瑠璃唐草（ネモフィラ）騎士団は解散。そして、再編（さいへん）の可能性も潰すために騎士としての地位も剥奪（はくだつ）されて一介の兵士にされてしまう。

そういう約束になっていた。

女騎士たちのほとんどは貴族の娘であり、そうなったら軍を辞めて親元に帰され、落ちこぼれとして扱われることになるだろう。上級貴族の使用人として働きに出される可能性もある。

今までの、式典の警護などで貴族たちから持て囃されていた、きらびやかな世界からいきなり底辺に落とされるのだ。

それを彼女たちは恐れていた。

今までは、調査が成功すれば名誉を得られるというアイリーンの言葉を信じ、輝かしい未来ばかりに目が行き、そういった負の要素を現実のものとしてまったく受け止めてこなかった。

これは彼女たちが、無駄に前向きで、自分たちの実力を理解していない者ばかりだったことだけが原因ではない。彼女たちを上手く始末できるように、アマダン伯爵が甘い言葉を駆使して丸めこんだ所為だ。言葉巧みに、良い方向にだけ考えるように誘導された。

しかしウサギたちに翻弄され、ボロボロにされてやっと自分たちの実力のなさを思い知った。現実を見てしまった。

曇っていた目が晴れ、失敗する未来が見えてしまったために、今度は調査の失敗を恐れるようになってしまったのである。

それが尚更、無謀な行動へと掻きたてる。

「ここから先へ行けば死ぬんだぞ？　それでも良いのか？」

脅してでも無謀な行動を止めようと、ジョエルは女騎士全員を視線で制しながら言った。

「覚悟の上だ！　今までも何度か危険な状態にはなったことがある。それでも何とかなってきたのだ、今回も……」

「今までも貴殿たちの無謀な行動の所為で、どれだけの犠牲が出ていたか分かっているのか！」

覚悟の上と言いながら、甘い考えが透けて見えるイヴリンの言葉を、ジョエルは怒鳴りつけた。

「……戦いの場で犠牲が出るのは当たり前でしょう⁉　騎士も兵士も戦うのが仕事なのですから！」

苛立ちを含んだ声でそう発言したのは、アイリーンだった。

彼女は今まで押し黙り、周りの意見を聞いていただけだった。

いや、何も言えなくなっていたと言った方が正しい。ジョエルの意見が正しいと理解しているにもかかわらず、後に引けない状況に言うべき言葉が見つからなかったのだ。

「……それは確かにそうです。しかし、それは守るもののためだ。無駄死には許されない！」

国や、そこに住む人々を守るための戦いであれば、ジョエルは臆(おく)したりはしない。

しかし今回はあくまで調査であり、失敗したからと言って、国民が死んだり損害が出たりするわけではないのだ。最悪でも、自分たちが職を失う程度だ。

だが、死ねば無駄死にでしかない。

「わたくしたちは名誉を……」

「命を失えばそれまでです。勝手に死んだ役立たずと罵(ののし)られ、恥辱(ちじょく)を雪(そそ)ぐ機会さえ失うのですよ？」

「……」

「それに貴方たちはウサギに……小動物に襲われても、兵たちに指示を出すことすらできなかったではないですか。団長殿に至っては、襲撃中は怯えて馬車の外に出られなかったのですよ？　そんな体たらくで守れるような安い名誉なのですか！」

そう言ってから、自分の言った内容に気付いて、ジョエルは自身の顔を引き攣らせた。

またやってしまった。説得のつもりだったのに言い過ぎた。

言ったことは間違っていないが、今のは間違いなく余計な一言だった。また、やってしまった。

ジョエルは後悔しながらも、どうやって挽回するかを必死で考える。

彼が死地へと向かう城塞迷宮調査団に追いやられたのは、この一言多い癖が原因だった。

騎士として平均以上の能力と強い忠誠心を持っているものの、余計なことを言ってしまい、上司どころか騎士団の上層部にさえ煙たがられてしまったのだ。

たとえ正論であっても、言うべき場を間違うとそれは暴言になる。ましてや、騎士団長が怯えて馬車から出てこなかったなどと言えば、侮辱でしかない。

「うるさい!!」

アイリーンが叫んだ。

ジョエルを睨み付ける彼女の目には、涙が溜まっている。

「うるさい！　うるさい！　この調査団は戻ることは許されないのよ！　先に進むしかないの！これは決定よ！　引き返すと言うのなら、脱走兵として扱うわ！　脱走兵は死罪よ！」

「ですが！」

「うるさい！　大丈夫よ！　わたくしはアイリーンよ！　アイリーンなのだわ。何かあればグリフォンが救ってくれます！」

アイリーンは自らを、グリフォンを従えた伝説の姫騎士アイリーンに重ね合わせるように、そして自身に言い聞かせるように言い切った。

この調査団の団長は、たとえ役に立たなくてもアイリーンだ。行動の決定権はアイリーンにある。その彼女が言い切ってしまったのだから、逆らうことは許されない。逆らえば、彼女の言葉通り脱走兵として扱われ、帰還後に報告されれば犯罪者として扱われる。

こうして、今後の行動が決定されてしまった。

それも、冒険者とその従魔に調査団の命運を預ける形で、だ。

しかし、彼女たちは忘れている。いや、その事実に気付いてすらいないのかもしれない。

彼女が頼ろうとしているグリフォンが、ウサギの襲撃の時に、主人である冒険者（ロア）のことすら守ろうとせずに、呑気に寝そべって眺めていたことを。

ロアたちと調査団が森を抜けるために動き出そうとしていた頃。

小さな砦（とりで）の前に、冒険者パーティー『望郷』のメンバーはいた。

この砦は、ロアのいるペルデュ王国と北方連合国との国境近くにある、北方連合国（ほっぽうれんごうこく）側の砦である。城塞迷宮（シタデルダンジョン）周辺の中立地域からも半日足らずの距離にあり、ペルデュ王国と城塞迷宮（シタデルダンジョン）の両方を監視する砦となっていた。

北方連合国はその名の通り、北方の小国が大国と対等の力を持つために連合した国家だ。

大陸の東方にあるペルデュ王国とは、高い山脈と城塞迷宮（シタデルダンジョン）を中心としたグリフォンの縄張りでほとんど隔てられている。

その中でわずかに残された、人が行き来できる平地に、この監視砦はあった。

小さな砦だが、名目上はペルデュ王国との国交の重要拠点として扱われている。

望郷のメンバーがここへ来たのは、城塞迷宮（シタデルダンジョン）周辺に入るにはここに来るしかなかったからだ。

城塞迷宮（シタデルダンジョン）周辺は、各国が協力して管理している中立地域である。

しかし、望郷の母国であるネレウス王国は面している部分がないため、許可があっても、指定された他国の拠点から入るしかないのだった。

望郷がロアたちと別行動だったのは、ここに立ち寄る必要があったからだった。

「貴方たちがネレウス王国から依頼を受けた冒険者ですね？」

「そうだ。ネレウス王国の冒険者パーティー『望郷』だ。よろしく頼む」

望郷のリーダー・ディートリヒは握手するために手を差し出したが、それはあっさりと無視された。

彼が向かい合っているのは、北方連合国の役人だ。後ろに二人、護衛を従えている。

向こうは自己紹介をする気がないらしく、名前どころか身分も言わない。ただ、服装などから、それなりに高い地位にいる人間に見えた。痩（や）せこけて不健康そうな見た目から、文官（ぶんかん）だろう。

「城塞迷宮に行けるほどの実力があるようには見えませんが、死にに行くつもりですか？」

「む……」

ディートリヒは眉根を寄せるが、さすがにここまで露骨だと怒りを煽られているのは分かるので我慢する。

今のディートリヒは人見知りが発動しており、自分本来の直情的な性格を見破られないように、真面目で冷静な性格を演じている。いつもよりは感情を抑えることができた。

「顔に痣など作って、実力が知れますよね」

「……」

顔の痣は、道中でクリストフとケンカした時に殴られたものだ。この旅の準備のほとんどをクリストフに押し付け、ダメ押しにズボンの穴の繕いを頼んだ所為で起こったケンカだった。

実にくだらないケンカだが、被害は下手な魔獣との戦闘より大きい。

赤く腫れていたのが、腫れが引いて青痣として残ってしまった。

ほとんど消えているものの、それでも目立つのは間違いない。治癒魔法薬で簡単に治せるが、行動に支障がないのと、薬が勿体ないという理由から使っていない。

「それになんですか、その変な模様のズボンは。冒険者は傾いて派手な格好をする者が多いですが、それは年甲斐もなく可愛過ぎるのではないですか？」

ズボンの模様と言うのは、双子の魔狼の足跡のことだ。双子の足跡の形に開いた穴に、布地の裏から真っ赤な布を当てて縫ってあるため、そういう模様のズボンに見える。

真っ赤な足跡模様の付いたズボンは、ディートリヒの外見にはいささか可愛らし過ぎた。

「……これは、こいつが勝手にやった」

ディートリヒは真顔で、後ろに控えていたクリストフを指差す。

すると、男はわずかに目を細めた。

「なるほど、チャラけた感じの者がいると思いましたが、乙女心に満ちた方でしたか」

「なっ！」

「そんなことはどうでもいいだろう。本国から許可証が届いているはずだ。早く城塞迷宮に入る許可を出して欲しい」

男の言葉にクリストフは思わず声を上げたが、まるで興味がないといったようにディートリヒは話を続けた。

「そうですね。私も忙しい身です。つまらない業務に時間を取られたくありません。手早く済ませましょうか」

「頼む」

「では。北方連合国はネレウス王国の要請により、貴方たち望郷が城塞迷宮を中心とした中立地域へ立ち入ることを許可します。これはあくまでネレウス王国の要請によるものであり、北方連合国は一切の責任を負いません。よろしいですね？」

「もちろんだ」

「では、ご自由に。どこへでも行ってください」

「分かった」

許可自体はあっさりとしたものだった。

もっとも、北方連合国には、事前に書類で望郷のメンバーの身元を知らせており、ここで手間がかかるようでは問題である。

「失礼する」

「御武運(ごぶうん)を」

とても武運を祈っているとは思えない冷めた表情の男を一瞥(いちべつ)してから、望郷のメンバーはその場を離れた。

望郷が馬車に乗り込み、城塞迷宮(シタデルダンジョン)に向かう街道を進む姿を見送りながら、男は今までの冷たい表情が嘘だったかのように頬を緩めた。

「……あれが王子なのですか?」

男の後ろにいた護衛の一人が尋ねる。

「一応ね。王子に、宮廷(きゅうてい)魔術師に、騎士が二人とは豪華な冒険者パーティーですね。まったくそうとは見えませんけど」

男は護衛の言葉に答えたが、その視線は離れていく望郷の馬車を追っていた。

「……何か目的があって偽りを伝えられたのでしょうか？」

「いえ、他国に提出する公文書にわざわざ嘘を書くような真似はしないでしょう。むしろ冒険者として隠れて活動していた者たちが、今回の件で仕方なく本当の身分を晒したと考える方が自然ですね」

「なるほど」

城塞迷宮を中心とした中立地域への立ち入りは、国同士の協定によって監視されており、嘘が発覚した時のリスクが大き過ぎる。それに、無意味だ。

「よんどころない事情があって、高い地位にいる彼らを捨て駒にしたんでしょうね」

「王子を捨て駒ですか？」

城塞迷宮は、並の冒険者や騎士では生きて帰って来られない場所だ。

そこに派遣されるのだから、捨て駒という表現は間違っていない。

「あの国は女王からして頭がおかしいですからね。元々は海賊たちが無理やり建てた国です。王族の血に尊さはないんですよ。そもそも女王は未婚ですから、王子と言っても養子らしいですしね。海賊船の船長が、目的のために養子の一人を切り捨てたようなものだと考えれば、まあ、普通の出来事ですね」

　男が他国を海賊呼ばわりしたことに、護衛たちは納得いかないような表情を浮かべたが、それ以上に疑問の言葉を続けることはなかった。

もちろん、望郷の城塞迷宮行きは彼ら――中でもディートリヒの独断であり、ネレウス王国に指示されたものではない。

「さて、国に帰りましょうか」

「「はい！」」

「面白そうだったので見物のつもりで来ましたが、たいしたことはなかったですね。あの国の人間にしては比較的まともそうな人たちでしたし」

そう言うと、男もまた、その場を立ち去るのだった。


「何だよ、あいつ。いけすかねぇ」

馬車がその場を離れてすぐに、ディートリヒは声を荒らげた。自分と仲間をバカにされたのだから、この怒りは正当なものだ。

御者はコルネリアがやっており、ベルンハルトも御者台に座って周囲の警戒をしていた。城塞迷宮の周辺に入ったばかりでまだ魔獣の影はないが、それでもすでに魔獣の領域なのだから警戒する必要がある。

そういうわけで、馬車の中はディートリヒとクリストフだけだった。

「八の国の国王。連合国の地位としては、公爵の爵位を持ってるお貴族様だよ」

「はぁ？　何でそんな大物が？」

クリストフがあっさりと先ほどの男の正体を告げたことで、ディートリヒは驚きの声を上げた。

北方連合国に参加している国は、各国を平等に統治するという建前の下に、本来の名前とは別に、割り振られた番号を持っている。公式にはそちらの名前で呼ばれることが多い。

この番号は建国された順番に振られており、国力とはまったく関係なかった。

八の国というのは、わりと新しい国だろう。

「そりゃ、ネレウス王国の王子様がやってくるんだから、様子見に来たんじゃないか？」

「……素性（すじょう）がバレてるってことか。厄介な」

「てめぇ」

ディートリヒが軽く言った途端（とたん）、クリストフは低く唸るような声を上げた。

急に眼光が鋭くなったクリストフに、ディートリヒが慌てる。

「な……何だ？」

「何だじゃないだろ！　やっぱり、オレが渡した書類を読まずにサインだけしてたんだな？　あの書類にオレたちの素性が全部書いてあったんだよ！　バレたんじゃなくて、こっちがバラしたんだ！」

「はあ？　何でそんなことを？」

「当たり前だろ！　公文書だぞ。本当のことを書くしかないだろ！」

今にも胸倉（むなぐら）に掴みかからんばかりの勢いで、クリストフが怒鳴る。

一人で城塞迷宮（シタデルダンジョン）行きの手配をさせられた怒りはまだ収まりきっていなかったらしい。

ディートリヒは、今度こそケンカをするのはやめようと、謝り倒す準備をした。

しかし、次の瞬間にはクリストフは怒りを収め、どこか不安げな表情を浮かべた。

「……まさかと思うが、本国からの条件も読んでないってことはないよな？」

急に声を潜め、ディートリヒに尋ねる。

「条件？」

「やっぱりか。あ、声を落としてくれ。コルネリアに聞かれるとまた怒られる」

「ん？　ああ」

彼は急に態度を変えたクリストフに戸惑ったものの、ディートリヒはその言葉に従った。

「で、だ。本当に本国からの条件を読んでないんだよな？」

「その、怒るなよ。反省してるから」

「それはもういい。オレも忙しさにかまけて確認しなかったんだからな。ただ、読んでないならシャレにならない。この城塞迷宮（シタデルダンジョン）行きは、条件付きで本国から認められたものだったんだよ。リーダーが何も言わないから、ロアたちと話し合いをして決めてるもんだと思ってた」

クリストフはディートリヒに身体を寄せるようにして、ひそひそと話し始めた。

「ロア？　ロアに関係あるのか？」

「大ありだ。その……」

最もコルネリアに聞かれたくない部分なのか、クリストフはディートリヒの耳に口を寄せてさらに小さな声でその内容を告げた。

ディートリヒは目を見開く。

「はぁ？　……本当にか？　そんなロアに……いや、ロアは許してくれるな。ただあの陰険グリフォンが……」

「どう動くかまったく予想がつかないな。ロアに上手く抑えてもらわないと」

「確かにコルネリアには聞かせられないな。怒られる」

書類を読みもせずにサインをして、そんな条件を付けられていたなどとコルネリアにバレたら、また正座で説教だろう。そしてディートリヒにちゃんと読んだのか確認しなかったクリストフも、巻き添えだ。

ディートリヒとクリストフは、大きくため息をついた。

「とにかく、城塞迷宮から帰るまではこのことは保留にしよう。悩んでたら思わぬミスをしかねないしな。この場所では命とりだ」

「そうだな。何にしても、ロアに話してからじゃないとどうにもできないしな。ロアを説得してからにしよう。それに、期限はなかったから、いざとなったらバックレよう。本国には努力したと言えば……リーダーの評価はまた地に落ちるけど、今更だからな」

ディートリヒが棚上げの提案をすると、あっさりとクリストフも了承した。

ディートリヒの評価の話しかしないところを見ると、彼は全てディートリヒの責任にして切り抜けるつもりなのだろう。しかも、判断もロアに丸投げにする話になってしまっている。

実のところ、許可申請の時に苦労させられまくった所為で、クリストフはこの件に深く関わりたくない気分になっていた。

丸投げできるところがあるなら、そうしたいと思うのも仕方ない。

普段はチャラそうに見えて真面目なクリストフでも、もう、色々と限界だったのだ。

「そうだな」

クリストフがそれだけ追い詰められた気分になっているのも、全てディートリヒの所為だ。

しかし、ディートリヒはそれに気付かず、軽く同意したのだった。

日が上がり切り、頂点を過ぎた頃。

やっと準備が整い、城塞迷宮（シタデルダンジョン）調査団は森を抜けるために動き出した。

調査団の馬車の数は半数近くに減っていた。

一部の馬車が壊れたことや、馬が逃げたり死んだりしたことで、数を減らすしかなかったのだ。

減った馬車の分、兵士たちが歩くことになった。

また、馬を失った騎士たちも、他の騎士の馬に同乗している。鎧をつけた騎士が二人乗るのは馬に負担がかかるが、兵士が歩く速度に合わせるため問題ないという判断だった。ロアはそこまでして歩きたくないのかと思ったが、騎士としての矜持があるのだろう。
ウサギの襲撃のこともあり、兵士たちの足取りは重く、進みは遅い。

「今日中に森を抜けられるかな？」

〈この遅さでは無理かもしれんな。まあ、森の中で野営する方が、我らが夜中に抜け出しやすくてありがたいがな〉

ロアと従魔たちは、例によって最後尾で付いて行っていた。

調査団の方はウサギがトラウマになっているのか、周囲の草むらが風で音を立てる度に、ビクビクと怯えているが、裏事情を知っているロアたちは気楽なものだ。散歩気分で歩いていた。

時は過ぎ、日が落ちる時間になっても、森を抜けることはできなかった。

ただ、かなり外側に近い位置に来ているようで、鬱蒼としていた木々が少し疎らになってきている。それだけで兵士たちの気分も楽になったようだ。

適度に見通しのいい、野営に適した場所も何とか見つけられ、昨夜に比べれば余裕がありそうだった。見通しが良いと言っても、ロアとグリおじさんが物陰に隠れて抜け出すことは可能だろう。

ロアたちにとっても、最適の場所での野営と言って良かった。

そして、深夜。

ロアとグリおじさんは野営地を抜け出した。

グリおじさんが言っていた、『賢者の薬草園』へ行くためだ。

そこはウサギの王の住処だった。

ロアは抜け出す相談をした時にグリおじさんから色々と聞いたが、なんでも大昔に賢者が作った場所で、隠匿されて秘密裏に管理され続けた場所らしい。

ロアたちが通っている森は近年に出来たものだが、その急激な植物の繁殖も賢者の薬草園が関係していた。

ロアたちが賢者の薬草園に向かっている間の調査団の警護は、双子の魔狼に任せてある。二匹に任せれば、またウサギの襲撃でもない限り問題はない。

それに同じ森の中にいるのだから、グリおじさんなら何かあってもすぐに駆け付けることができる。もっとも、この森の中はウサギたちに支配されているため、ウサギたち以外に襲われる危険はほぼないと言っても良かった。

そうしてロアが連れられてきた場所は、同じ森の中とは思えないほどに不思議な場所だった。

グリおじさんが浮かべている魔法の光に照らされ、周囲の全てが輝いて見える。ロアは驚き過ぎて、月並みな言葉しか発せない。

「すごい。きれい」

今、ロアの目の前には、横に太く広がった不思議な木があった。

その巨木の高さはそれほどではない。普通の森でも見られる程度の高さだろう。

しかし、幹だけが極端に太く、小さな村であれば中に収まりそうなほどの広さに根を張っていた。

多数のウサギが、その無数にうねった根の間に住んでいるらしく、そこから顔を覗かせてロアたちを見つめている。

苔(こけ)むして緑に輝く根の間から、様々な色のフワフワとしたウサギたちが顔を覗かせているのは神秘的であり、また癒される雰囲気があった。

空を飛び、巨木の前に降り立ったロアとグリおじさんを見つめるウサギたちの目は、優しい。とても調査団を襲撃してきたウサギと同じ者たちとは思えなかった。

〈小僧。あやつが出てきたぞ〉

口を開けて周囲を見渡していたロアは、声を掛けられ、グリおじさんの視線の先に目を向けた。

そこにいたのは、ロアが戦ったウサギの王だ。

漆黒(しっこく)の毛皮に白い毛が混ざった、タレ耳のウサギ。

その可愛らしくも威厳(いげん)のある姿は、ウサギの群れの中にいても目を引く。

『翼兎(ウイングラビット)』。

見た目はウサギそのものだが、そう呼ばれているウサギ型の魔獣である。ウサギの王が短く鳴くと、グリおじさんは〈うるさい〉とだけ返した。

ウサギの王はロアを真っ直ぐに見つめてくる。

「えっと、こんばんは」

ロアの挨拶(あいさつ)に、ウサギの王は優しく微笑んだように見えた。

〈うるさいと言っておるであろう。白髪(しらが)だらけの糞(くそ)ジジイが〉

グリおじさんはウサギの王と、聞こえない『声』で会話をしているらしい。口汚く罵(ののし)っているが、その表情は柔らかい。旧知の友人とのじゃれ合いなのだろう。

そんな姿を愛おしく感じて、ロアはグリおじさんの首元をそっと撫でた。

「ジジイって、お年寄りなんだ？」

〈うむ。こやつは可愛らしいなりをしているがな、老人だ。ジジイだ。それも長く生きているだけで尊敬に値しない類(たぐい)の糞ジジイだ。そう思って扱うのだぞ〉

その言葉にウサギの王は器用に二本足で立ち上がると、グリおじさんに飛び蹴りをかました。

長く大きな耳が翻(ひるがえ)り、毛皮のマントのようだ。

小さな翼兎(ウイングラビット)の蹴りが効くわけがなく、グリおじさんは軽く翼でいなしてみせた。

〈む……小僧。こやつが紹介せよとうるさく言うので仕方なく紹介するが、この森の主の『ピョンちゃん』だ。仲良くする必要はないぞ〉

グリおじさんがそう言うと、ウサギの王こと、ピョンちゃんは満足げに頷いた。

グリおじさんがこの森の主と言ってるからには、この賢者の薬草園を管理しているのもこのピョンちゃんなのだろう。

つまり、ピョンちゃんが賢者と縁のあった者であり、グリおじさんが言っていた旧知の者なのだ。

ロアは賢者の弟子が出てくると思っていたため、少し肩透かしを食らった気分になった。

ただ、ピョンちゃんという名前は明らかに人に名づけられたものだろう。

元々は賢者の弟子か関係者の従魔で、主人とは死に別れたのかもしれない。それなら死後引き継いだということで、ピョンちゃんがここの主となった経緯も推測できる。

そうでなかったとしても少なくとも、誰かの従魔だったことは間違いないだろう。

ロアはその可愛らしい名前が、先ほど聞いた年寄りウサギだという話と噛み合わず、少し微妙な表情を浮かべた。それと同時にどこか親しみを感じた。グリフォンに『グリおじさん』などと名付けるロアだからこそ抱く親近感だろう。

「ピョンちゃん？　その、よろしくお願いします……でいいのかな？」

〈目上として扱う必要はない。敬語は……貴様！　やめろ!!〉

突然、グリおじさんが声を荒らげた。

「え？　グリおじさんど……」

ロアは突然叫んだグリおじさんに問いかけようとしたが、その言葉は途切れた。

軽い目眩を覚えた所為だ。

〈くそ、やられた！　ピョン！　貴様謀ったな!!〉

〈クク……グリおじさん、謀ったなんて酷いなぁ！　やあ、昨日ぶりだね！〉

グリおじさんの『声』の後に、別の可愛い『声』が聞こえてくる。

先ほど感じた軽い目眩と合わせて、ロアはこの現象に覚えがあった。

「……従魔契約？」

〈あたり！　僕はピョンちゃん、よろしくね！〉

〈あたりではないわ!!　元の名前を上書きして従魔契約するとは、何を考えておる！　名は契約者との繋がりを作る大事なものだぞ!!〉

　グリおじさんは怒って前足で踏み付けようとするが、それをピョンちゃんはヒラリと避けると、そのまま耳を翼のように広げて滑空する。

　そして、ロアの腕の中に収まった。

　ロアは不意のことで驚きながらも、しっかりとピョンちゃんを抱きしめる。

〈やあ！　なかなか良い抱き方をする子だね。いつもあのワンちゃんたちを抱いているのかな？〉

〈ピョン！　貴様、何だその口調は！　先ほどまではジジイ口調であったではないか！　小僧もそんなやつを抱くな！　投げ捨てろ!!〉

「え、いや、その」

〈グリおじいさんは酷いよね。こんなに可愛い僕を投げ捨てろだなんて。君もそう思うでしょ？〉

　ピョンちゃんは目を潤ませて、腕の中からロアを見上げる。

　その可愛らしさに、ロアは思わず頬を染めた。

〈小僧！　惑わされるな！　そやつはジジイだぞ!!　狡猾な計算でやっておるだけだ！〉

〈うるさいなー。グリおじいさんは〉

〈おじいさんではない、おじさんだ!!〉

グリおじさんがピョンちゃんの耳を嘴で引っ張るが、それを気にする様子はない。ピョンちゃんは平然と、ロアの胸へとその頭を預けた。

ロアはというと、状況が呑み込めずに戸惑っていた。

なぜこのピョンちゃんという翼兎（ウイングラビット）が自分と従魔契約したのかが分からない。得をすることはないはずだ。

それに、お互いにそれほど理解できている関係ではない。たった一度、実戦試合のような、馴れ合いを含んだ戦いをしただけだ。

〈えー。グリおじいさんは、僕の倍は生きてるのに〉

〈そんなに生きておらぬ！〉

ロアは首を傾げる。グリおじさんとピョンちゃんはいったい何歳なのだろう？　まったく予測がつかなかった。

〈うるさい！〉

ついに、グリおじさんは耳を引っ張って、ロアの腕の中からピョンちゃんを引っ張り出すのに成功した。そのままポイと投げ捨てるが、ピョンちゃんは空中で一回転すると、何事もなく着地する。

〈やっぱり、グリおじいさんは酷いよね。こんなのを従魔にしてると、君の評価まで悪くなっちゃうよ？〉

「えっと」

〈黙れ。その口調をやめろ。腹が立つ〉

〈えー。昨日はジジイ口調をやめろって言ってたのに。わがままだな。ねえ、君。グリおじさんから僕に乗り換えない？〉

〈ピョン！　貴様!!〉

グリおじさんが駆け寄り、再び踏み付けようとした。

しかし、その瞬間に、ピョンちゃんの雰囲気が変わった。

はしゃぐ子供のような雰囲気だったのに、急に威厳のあるウサギの王のそれに切り替わった。

踏み付けようとしたグリおじさんの足は、一瞬吹いた魔法の風に弾かれる。

〈……と、言いたいんだけどね。今の君じゃ物足りない。話をしたくて従魔契約をしたけどね。あくまで仮の契約だ〉

その視線は見極めるような、厳しいものに変わっていた。

〈グリおじさんは君の自由にさせるつもりらしいけどね。僕はグリフォンを従え、超位の治癒魔法薬を作れる君に期待したいんだ。まあ、グリおじさんが僕と君を接触させないつもりなら、諦めるつもりだったんだけどね〉

ピョンちゃんはグリおじさんをちらりと見る。

グリおじさんは思い付きでロアを連れてきただけだったが、ピョンちゃんはその時を狙っていたらしい。口惜しそうに、グリおじさんは視線を逸らした。

〈僕は、この森の本当の主人が欲しいんだよ〉

ピョンちゃんは軽く跳ねると、そのまま耳を広げて風の魔法を纏わせ、空を舞った。

〈ほら、この森は素晴らしいと思わないかい？〉

大きく円を描くように飛ぶピョンちゃんを目で追いながら、ロアは周囲を見渡す。

巨木が従える豊かな森。

強い生命の息吹を感じる、人知を超えた場所。

〈ここは賢者の薬草園。生命の巨木が従える、命を支配するところ。その恩恵により、望まれた人間以外は立ち入ることすら許されない。数多の珍しい薬草が生え、どんな季節でも絶えることはない〉

ピョンちゃんはふわりと舞い降り、ロアの肩に乗る。

〈ねえ、君は賢者になって、この森を手に入れたくはないかい？〉

耳元で聞こえる優しい声は、ロアには悪魔の囁きに聞こえた。

「……賢者？　オレなんかが……」

突然の申し出に、ロアはどうしていいのか分からない。

ただ、ピョンちゃんが言っている賢者が、一般的に言われている賢者でないことは分かった。

間違いなく、本物の賢者のことだ。

国を跨いで崇められ、尊敬される者。深く広い至高の知識を持ち、魔法の深淵を覗いた者たち。

この世界では『賢者』は称号の一つとしても扱われるが、それはあくまで一般の話だ。それとは別に本当に意味での賢者も存在する。混同されやすいが、それは能力の上で大きな差があった。

本物の賢者はロアには想像もできないほど、雲の上の存在だ。

そんな本物の賢者になれるとピョンちゃんは言っているのだ。

賢者の薬草園。グリおじさんの詠唱魔法から考えて、この薬草園は、姫騎士アイリーンと一緒に冒険した賢者フィリアのものだろう。彼女は旅の途中で貴重な薬草を集めていたはずだ。アイリーンの物語でも、そういった描写がされている。

それが本当なら、ロアにとってどんな財宝よりも価値のあるものだ。

しかし、自分はそれに相応しくないと思ってしまう。

考えるまでもなく、ロアの口からは極自然に「オレなんか」という言葉が漏れていた。

〈本当に、君は卑下するんだね。グリおじさんに聞いた通りだね。あの双子のワンちゃんたちも、ちゃんとした従魔になりたくて悩んでるらしいよ。せめて、その時が来たらすぐに従魔契約ができるように、名前を考えておいてあげてね〉

「え？」

不意に双子の魔狼の話になり、ロアはさらに戸惑った。

〈まあ、その話は今はいいよ。ただ、君は賢者になれる器だよ。それだけは認識しておいてね。人を認めるなんて滅多にしない、ひねくれ者のグリおじさんが認めてるんだよ？　性格の悪いグリおじさんを従えられている時点で、君にはその資格があるんだ〉

〈おい、我をバカにするな〉

　ピョンちゃんは、さらりとグリおじさんに対しての暴言を交ぜてくる。

　そして、グリおじさんの抗議の声を、笑みを浮かべるだけで無視した。

〈まあ、君の自信のなさは筋金入りらしいからね。気楽に試してくれるだけでいいんだ。薬草園には興味あるよね？　運試しくらいに思えばいいさ〉

〈おい！　小僧に何をさせるつもりだ！　危険なことは許さぬぞ！　たとえお前でもな！〉

〈もう！　横槍入れないでよ。そんなに過保護じゃ、そのうちに嫌われるよ？　ホントに、おじいちゃんは心配性なんだから……〉

　肩に乗っているピョンちゃんとロアの頭の間に、グリおじさんは無理やり嘴を突っ込んだ。

　そしてそのまま横に動かし、ピョンちゃんを払い落とす。

　ピョンちゃんは落ちた勢いのまま地面を蹴ると、数度跳ねてからロアの正面に場所を移した。二本足で立ち上がり、ロアの顔を見上げる。

〈僕はグリおじさんみたいに性格は悪くないからね。失敗したとしても罰は与えないよ。そこは安心してね！〉

〈こやつは我よりはるかに性格が悪いぞ！　信じるな!!〉

グリおじさんはピョンちゃんを追い掛け回し始めた。

しかし、ピョンちゃんはそれを軽く避けながら、軽口を続ける。まるで子犬のじゃれ合いだ。

「仲いいね」

どっちも性格悪いってことなんだろうなぁ……と思いつつも、仲良くケンカをする二匹を見て、ロアはポツリと呟いた。

〈良くない！〉

〈うん！〉

「ぷっ……」

ロアの言葉を否定したのがグリおじさんで、肯定したのがピョンちゃんだ。

それに性格が出ている気がして、思わず噴き出した。賢者だの、薬草園だのの話の時に感じていた緊張は解け、ロアは表情を緩める。

〈なぜ笑う〉

そんなロアが気に食わないのか、グリおじさんは翼で背中を押して抗議してきた。

〈やっと笑ったね。さて、良い顔になったところで、僕からの課題だ〉

ピョンちゃんはそう言うと、クルリと身体を回転させ、大きな耳を風に舞わせた。

耳は大きく広がって風を切りながら、小さな竜巻（たつまき）を作り出す。

その竜巻は上空へと上がり、巨木の枝へと達した。

そして、ロアの前にゆっくりと木の葉がいくつか舞い落ちる。

それらはロアに拾われるのを望んでいるかのごとく、ロアの手元に集まってきた。

〈それを受け取って〉

促され、ロアは木の葉を掴んだ。

葉の数は十枚。

掌に乗る程度の大きさで、見た目だけなら普通の木の葉だった。

〈それは生命の巨木、ガオケレナの葉。長寿の魔法薬の原料になり、そのまま葉を食べても延命効果がある。ここのウサギたちはガオケレナの落ち葉を食べて、寿命を延ばしてるんだ。だから人に等しい寿命を持ち、高い知能と運動能力がある。でもね、その葉の本当の使用方法は誰も知らない。少なくとも、今生きてる人間は知らない。それを君だけの力で見つけるのが、僕からの課題だよ〉

パチリと、ピョンちゃんはウインクしてみせた。

〈それの本当の使用方法を見つければ、それだけで賢者となる資格が生まれる。それほど難しい課題だよ。その葉は数百年枯れず、瑞々しい状態を保ち続けるから、ゆっくり時間をかけて考えてね。それから葉の追加はなしだ。成果を出せないまま使い切った時点で、課題は失敗だよ〉

ロアは手の中の木の葉をじっと見つめる。

誰も知らない本当の使用方法を、自分の力だけで見つけろというのだ。しかも、使える葉は有限。

実に難しい話だ。

風に舞うほどの小さく軽い木の葉が、ロアには重く大きく感じられた。

軽(かろ)やかなステップを踏み、ピョンちゃんはロアの周りを跳ね回る。

その楽し気な足取りを、グリおじさんは鬱陶(うっとう)しそうに見つめていた。

〈そうそう。昨日、わがままなグリフォンが一匹、土産(みやげ)にここの薬草を分けてくれって言ってたんだけどね。ここは賢者の薬草園なんだ。賢者以外に分け与える薬草はないよ。ここの薬草が欲しかったら、早く賢者になってね！〉

グリおじさんは、またピョンちゃんを蹴飛ばそうとするが、今度もひらりと避けられてしまう。

〈小僧。そんな課題を受ける必要はないぞ。そんな木の葉は売り飛ばしてしまえ！　それなりの金になるぞ。それから採取しまくるぞ！　こんなやつの言葉など聞く必要はない！　採りまくれ!!　我が許す！〉

「いや、勝手に採るのはダメだよね？」

グリおじさんの無礼な言葉に、ロアは呆れた声で返す。

ロアは様々な物を採取して利用するのは好きだが、明確に持ち主がいるものを勝手に採ろうとは思わない。

「……それに、グリおじさん。オレ、興味あるんだ」

ロアはそっと、グリおじさんの首筋をなだめるように触った。

その瞳には強い意志の輝きが宿っている。

ロアが興味を引かれるのは賢者になることではなく、初めて目にしたガオケレナの葉を使って、何が作り出せるのか試すことだ。

ガオケレナの葉を研究させてもらう以上は、ここのルールを守りたいという主張だった。

そのことを、ロアの言った短い言葉だけで、グリおじさんは正しく理解した。

ロアはいつだってそうだ。素材を集めるために駆け回り、集めた素材で実験して何かを作り出している。そのためには多少の苦労は厭わない。

むしろ賢者になることは辞退したいし、避けたいのだろうが、新しい素材の誘惑には勝てない。

グリおじさんは、大きくため息をついた。

〈ちっ、まんまとピョンの計略に乗せられよって……ピョン！　貴様も小僧の一番弱いところを突くとは卑怯だぞ!!〉

〈グリおじいちゃんが、昨日色々と教えてくれたからね。グリおじいちゃんの所為だよ？〉

〈貴様……まさか我に酒を飲ませたのは……〉

〈口が軽くなって、色々聞き出せて、ありがたかったよ？　ものすごく参考になった〉

グリおじさんは悔しそうに鋭い視線を向けるが、ピョンちゃんは笑みを浮かべて返すだけだった。

〈さて、これで僕からの話は終わり……じゃなかったな。もう一つ。老婆心から言うのじゃが……コホン〉

途中、口調を間違えたのか、口を動かして話しているわけでもないのに慌てて咳払いをする。

〈ちょっとしたお節介で言うだけなんだけどね！　昨日、ウサギたちと一緒に襲った時に、麻黄（エフェドラ）の臭いがしたよ？　気を付けたほうがいいんじゃない？〉

「え？」

突然言われ、ロアは息を呑んだ。

〈やっぱり気付いてなかったね。人には感じられない程度の臭いだから一応、忠告だよ。たぶん、僕らと同じくらい鼻が利く双子のワンちゃんも感じてるとは思うけど、あの子たちは麻黄（エフェドラ）の臭いを知らないんじゃないかな？　知ってたら、早いうちに教えてくれてるよね？〉

「……確かに、オレが扱ったことはないから、二人は知らないと思う。えっと、それは使用してそう？」

〈そうだね。人間が使った時に身体から出る臭いだと思うよ？〉

「それは、まずいなぁ。あれは厄介なんだよなぁ。常用してなきゃ……ああ！　してそうだ」

ロアは、口数が少なかったのが嘘のように、ピョンちゃんと話し合いを始める。今までは場の雰囲気に呑まれて緊張していたのだろう。それが、専門分野の話になって解けてしまった。

そして、腕を組んで考え始めた。

ピョンちゃんもじっと、その姿を見守っている。

「そうか、だからあんな行動を。辻褄（つじつま）が合うな。でも、何で……」

〈すごいね、君。麻黄（エフェドラ）って言っただけで察せるなんてさすがだよ。僕は昔の知識しかないけど、今

でもまだ禁止薬物でしょ？　作り方も材料も隠されてて知られてないはずだよ？〉

「それは、ちょっと本で読んだことがあって。それに効能から、どんな魔法薬の材料になるかだいたい予測できるしね」

〈ホント、さすがだよ。依存してた場合の助け方も知ってる？〉

「知識だけは。でも、厄介だよね。常用してたら魔力酔いが怖いから魔法薬も使えないし……効果が切れてる時を狙えば大丈夫かな？　でも薬効で依存してるわけじゃないから……」

〈おい！　二人だけで、話すな！　我にも説明しろ!!〉

ロアとピョンちゃんが、急に自分たちだけが分かる内容で話し始めたため、グリおじさんは憤慨（ふんがい）して二人の間に身体を割り込ませた。

完全に、嫉妬である。話の内容より、二人が仲良さげに話しているのが許せない。

〈えー。グリおじいさんは、長生きしてるのに知らないの!?　それくらい知っておいて欲しいなぁ〉

嘲笑を含んだピョンちゃんの台詞で、苛立ちに拍車がかかったグリおじさんは、とうとう魔法を使って攻撃した。翼から羽根の形をした石の矢が飛ぶ。

〈お！　新作魔法だね！〉

ピョンちゃんはそれを余裕で避け、石の矢は地面へと突き刺さった。

「麻黄（エフェドラ）は魔法薬にすると、目覚めの魔法薬になるんだよ。苦痛から解放され、疲れが取れて集中力が増すんだ。何でもできるような、幸せな気分になる。世界が広がったような、どこか別世界で目覚めたような気分になるから、目覚めの魔法薬って言われてるんだ。でも人の精神に作用するから、禁止魔法薬になってる。惚れ薬なんかと一緒だよ」

考えに没頭していたロアは、二人のやり取りなど無視して説明を始める。

普段なら、グリおじさんが魔法で攻撃をしたことを怒っただろうが、周りが見えていないようだった。

〈何やら、良さそうな効果だが?〉

「効果があり過ぎるんだよ。正しく扱えば、依存性のある薬ではないはずなのに、一度使うと手放せなくなる人が多いんだよ。苦労せずに手に入れられる幸せって、やっぱり魅力的なんだろうな。しかも、恐怖感が薄れるから無謀な行動ばかりして、最終的に死んじゃう人が続出したんだ」

目覚めの魔法薬はその効果の強さから人々を魅了する。

それが与える万能感から抜け出せる人間は少ない。その結果、命の危険のある行動でも平気でするようになるのだ。

幸せな気分のまま、無茶をして死んでしまう者も多い。

薬の効果そのものに依存性はないのだから、治療も難しい。

〈何でそんな禁止魔法薬があそこにあるのだ?〉

グリおじさんの疑問はもっともだった。

ロアもその質問を予測していたのか、すぐに答えて返した。

「苦痛から解放されて、疲れが取れて集中力が増すんだから、国が法を曲げてでも許可を出して、使わせたい仕事があると思わない？　恐怖を忘れて無謀な行動をすることが喜ばれる仕事があるよね？　それで死んでも問題ないような……」

〈軍人か……なるほど、調査団も軍の人間たちだ。あってもおかしくはないな〉

　グリおじさんは吐き捨てるように言った。

〈そう、昔から軍人だけは使用許可が出てるんだよ。激しい戦場限定だけどね。軍の中では『戦闘薬』って呼ばれてて、実際はどういう物なのか、兵士たちは知らずに使ってるみたいだけどね。一般兵用は、あえて依存効果が出るようにしてる国もあるようだよ〉

　グリおじさんの呟きに答えたのはピョンちゃんだった。

　ロアも、ピョンちゃんの話に同意して大きく頷く。

　グリおじさんが知らなかったのだから、昔から国が極秘(ごくひ)で行っていたことに違いない。それでもロアが戦闘薬の話を知っていたのは、魔法薬に対しての執着心から、知識を増やすために、細かく調べて学んだおかげだろう。

　どんなに隠されていても、多くの兵士が使っていたのだから、どこかに記録が残されていてもおかしくない。

「それにさ、死ぬような無謀な行動ばかりしてる人たち、オレたちも知ってるよね？」

〈あの女騎士共か!!〉

先ほどのロアとピョンちゃんの会話をようやく理解できて、グリおじさんは吠えるように叫んだ。

「たぶん、瑠璃唐草騎士団（ネモフィラ）の人たちは戦闘薬を常用してると思う。そう考えると、色々辻褄が合うんだよ」

瑠璃唐草騎士団（ネモフィラ）は無謀な行動ばかりする。

それは今回だけでなく、以前から広く知られていることだ。

こうしてロアは、瑠璃唐草騎士団（ネモフィラ）の無謀な行動の原因と、秘密を知ってしまったのだった。


夜は更（ふ）け、空には星が瞬（またた）いている。

森の外縁に近く、もうすぐ抜けられる位置まで来ているとはいえ、木々は鬱蒼としている。少し開けた場所で野営をすることはできたが、見上げられる空はわずか。

木々の合間を縫（ぬ）って何とか設営できた天幕も、ひと張りだけだ。

元々は兵士用で、先日まで張られていたアイリーン専用の大きな天幕と比べると、かなり小ぶりなものだった。

そんな天幕の中で、アイリーンはベッドに寝転んだまま呆然と虚空（こくう）を見つめていた。

天幕の中には瑠璃唐草騎士団（ネモフィラ）団長である彼女一人だけ。他の者たちは野宿だ。毛布にくるまり、思い思いの場所で眠っている。

「……眠れない」

彼女一人が恵まれた待遇であるというのに、アイリーンは不満げだった。

ベッドとサイドテーブルを置いたらいっぱいになってしまう小さなテント。伯爵令嬢である彼女にはこれでも屈辱的な環境なのだ。

外にいる見張りの兵士たちの気配も近い。天幕の生地も薄汚れている。

しかし、昨夜に比べればまだ良い方だろう。昨夜は狭い馬車の中で、身体も伸ばせずに眠ったのだから。

「どうしてこうなったのかしら？」

彼女は毛布を引っ張り上げ、口元まで覆ってから小さく声を漏らす。

今回の調査の旅に出発した時は、希望しかなかったはずだ。困難な任務に成功して英雄となり、凱旋（がいせん）する未来しか見えていなかった。

最近態度が冷たくなってきていたお父様に、よくやったと褒めてもらえるはずだった。

そして、あの凡庸（ぼんよう）な冒険者からグリフォンを奪い取り、憧れのアイリーンと同じ存在になるはずだったのだ。

『姫騎士アイリーン物語』の主人公アイリーンそのものになり、新たなアイリーンとして物語が作られるはずだった。

なのに……。

この森に入ってから、彼女の心に影が差す。

たかがウサギに襲われ、騎士も兵士もボロボロだ。馬車の数は減り、物資も減り、粗末（そまつ）な夕食を食べて粗末な天幕でしか寝られない。

下賤（げせん）な冒険者に手柄（てがら）を取られ、ガサツな男の騎士からは罵（ののし）られる。

アイリーンが思っていたのとは、違ってきていた。

こんなのは主人公がする冒険ではない。

許されるはずがなかった。

アイリーンは、胸に満ちてくる暗鬱（あんうつ）なものに押されるようにため息をついた。

「ダメだわ。こんな暗い気分じゃダメ。わたくしはこの調査団の長（おさ）なのだもの。全体に影響が出てしまうわ」

そう呟くと、ベッドから身体を起こしてサイドテーブルに置かれた鈴を鳴らす。

小さく、チリリという音を響かせると、一拍後に天幕の入り口が開いた。

「お呼びですか⁉」

鈴の音に呼ばれて中に入ってきたのは、瑠璃唐草（ネモフィラ）騎士団のイヴリンだった。

「眠れないの。いつものお菓子とお水をくださるかしら」

「はい」

返事と共に、イヴリンが一度外に出てから持ってきたものは、水差しと小さな菓子箱（キャンディーボックス）。水差しはガラス、菓子箱（キャンディーボックス）は陶器（とうき）で華やかな絵付けがされている。どちらも旅に似つかわしくないものだ。

「ありがとう」

そう呟くと、出ていくイヴリンには目もくれず、アイリーンは陶器の菓子箱へと手を伸ばした。

蓋を開けると、そこには小指の先ほどの、紫色の塊がいくつか入っていた。

一粒のブドウのようにも見えるが、表面には砂糖の結晶が散らしてあり、天幕の布を通して入ってくる弱い光の中でもキラキラと輝いていた。

アイリーンはそれを摘み出すと、口へと入れた。

「……美味しい」

それは、前線や過酷な戦場などで、王家から下賜される特別な菓子だった。

死を覚悟した者たちへの、施しだという。

様々な材料を煮出した液体にふんだんに砂糖を入れ、魔獣の腱からとった膠で固めてある。口にすると弾力があり、食感も楽しい。

しばらく舌の上で転がすと溶けて消え、濃厚な甘みと花のような香りが口の中に広がった。

王家が下賜するに相応しい、高貴で美味な菓子だ。

これを口にすると、疲れが取れ、気分も高揚した。

軍の物資として扱われるため、『戦闘薬』などという無粋な名前で呼ばれているが、それは戦場に菓子を持ち込むための方便なのだろう、と彼女は考えていた。

今のペルデュ王国は平和だ。

魔獣との戦いはあるが、人間同士の戦争はない。

本来なら、死を覚悟しないといけない戦場でしか口にできないこの菓子の出番はなく、国内では作られてもいなかった。

それをアイリーンは独自の伝手で手に入れていた。入手手段の管理はイヴリンに任せているが、いつだって手にすることができる。

これを手に入れられる自分は特別な存在だと、アイリーンは思う。食べる度に、それを実感するのだ。

手に入れられたのは偶然だった。

辺境の地の男爵家に魔法に長けた令嬢がいると聞いて、騎士団への引き抜きに出かけた時に手に入れたのだ。普段は足を運ぶことがない場所での出来事だった。まさに天啓と言えるほどの幸運だ。

「ああ、やっぱり、わたくしは幸せな存在なのですわ」

胸の内から湧いてくる幸福に、うっとりと自らの身を抱きしめる。

「そうね、今の状況は、物語を盛り上げるための苦難なのだわ。主人公が幸せなだけでは、盛り上がりませんものね」

アイリーンの目は希望に輝き、肌はほんのりと赤く上気していた。

身体を駆け巡る心地よい温かさに、彼女は甘い吐息を漏らした。

第十三話　不死者（アンデッド）たちの災難

「あと五体！」

ディートリヒが叫ぶ。

それと同時に、正面の動く骸骨（スケルトン）を、上段から真っ直ぐに斬り裂いた。

骨の砕ける乾いた音が響き、動く骸骨（スケルトン）は崩れ落ちる。

「後ろから二体行くわ！　よろしく！」

「おう！」

ディートリヒはコルネリアの声にも慌てず後ろを向くと、その動きのままに水平に剣を振るった。

夜の闇の中、焚火の明かりだけという視界の悪い状況だが、彼の動きに迷いはない。背後であっても、まるで見えているかのように的確に捌（さば）いていく。

コルネリアはディートリヒから少し離れた位置で、こちらも動く骸骨（スケルトン）と戦っている。

いつもの全身鎧ではなく軽装で、武器は背丈ほどある巨大な戦槌（ウォーハンマー）だ。

それを軽々と振っている。息切れ一つしていない。

その威力は凄まじく、一撃当たるだけで動く骸骨（スケルトン）は砕け散っていった。

「よし、終了だ！」

数秒後には、ディートリヒたちは全ての動く骸骨を倒して勝利していた。

「何だ、もう終わったのか？」

そこにクリストフが声を掛けてきた。

「ああ、すまん。起きたのか。動く骸骨だけだったんでな、二人で十分だから起こさなかったんだ。やばかったら、そっちに逃げ込めばいいだけだしな」

「そうなのか。じゃ、引き続き見張り頼んだ」

ディートリヒが剣を鞘に納めながら言うと、クリストフは大きく欠伸をしながらテントへと戻っていった。

ここは城塞迷宮周辺の魔獣の領域。すでに不死者たちが徘徊する場所だ。

普通であれば、上位の冒険者でも野営をするどころか、生き延びるだけで精いっぱいという場所である。

だが、望郷のメンバーは呑気に野営をしていた。

「やっぱり、安全地帯があるってのは、ありがたいな。コルネリア、動く骸骨が復活してくる前に死骸を全部集めるぞ！」

動く骸骨はたとえ細かく砕いても、身体を再構成して復活してくる。完全に殺そうと思うなら、消し去るための処理が必要なのだ。

「おーい、コルネリア！　どうした？」

ディートリヒはコルネリアに声を掛けたが、反応がない。もう一度呼び掛けても、こちらを向こうともしなかった。

ケガでもしたのかと、ディートリヒは駆け寄ったが、特にその様子もない。ただ、複雑そうな顔をして、戦槌（ウォーハンマー）を手にしたまま立ち尽くしているだけだった。

「……ねえ、リーダー。何か色々とダメな気分になっちゃった。たぶん、今なら暁（あかつき）の光の連中の気持ちが分かると思う……」

「はあ？　なに言ってんだ？」

急に妙なことを言い出したコルネリアに、ディートリヒは思わず間の抜けた声で返した。

暁の光というのは、元々ロアが所属していた冒険者パーティーだ。

ロアという最高のサポートを失い、ロアを慕（した）っていたグリフォンと双子の魔狼も抜けたことで一気に崩壊した。

「だって、私たち、こんな危険な場所に平気で来れる実力なんかないはずでしょ⁉　何で一歩踏み入れたら死ぬって言われてるような場所で、呑気に野営してるのよ！　動く骸骨（スケルトン）相手に戦った後で何でこんなに呑気にしてるのよ！　すぐにこの場を移動しないといけないはずでしょ‼」

動く骸骨（スケルトン）は倒してもすぐに復活する。しかも、復活した動く骸骨（スケルトン）は仲間を呼ぶのだ。倒したら、復活する前にその場から逃亡しないといけない。

普通の冒険者に対処できる相手ではない。倒せば倒すほど増えるのだから。

完全に倒すためには、治癒魔法か治癒魔法薬などで浄化（じょうか）する必要があった。闇の存在である不死者（アンデッド）には治癒効果が裏返り、消滅させる効果となるのだ。

普通の冒険者には聖女などの治癒魔法使いは珍しく、もちろん、湯水のように魔法薬を使うこともできない。結局は、逃げるしかなかった。

「それに！　なによ、この戦槌（ウォーハンマー）！　めちゃくちゃ使いやすいの！　この威力で、何でこんなに軽く扱えるの？　メイン武器にしたくなるくらい！　でも、こんなの使ってたら、脳筋の暴力女みたいじゃない!!」

あ、それはそのまんまじゃないかな？　……と、ディートリヒは思ったが、口には出さない。

脳筋の暴力女を肯定したら、蹴り飛ばされるのは目に見えていた。

「……まあ、それはいいのよ」

「いいのかよ」

「とにかく！　自分の実力を勘違いしそうなのよ！　ロアがくれた清浄結界（せいじょうけっかい）の魔道具のおかげで、不死者（アンデッド）に襲われないで安全に旅と野営ができて、ロアがくれた魔法薬のおかげで動く骸骨（スケルトン）の処理もできて、ロアが紹介してくれた鍛冶屋の作った武器で楽々戦闘できてるのに……自分の力みたいに勘違いしそうなの！」

「ああ……」

やっと、ディートリヒはコルネリアの言いたいことが分かってきた。

コルネリアはロアに与えられたもので、自分の実力を勘違いするのが嫌なのだ。しかし、それでも、あまりに簡単にことが進んでいくので、勘違いしそうになった自分に気が付いたのだろう。

自分に厳しいコルネリアだからこその悩みだった。

城塞迷宮（シタデルダンジョン）周辺は不死者（アンデッド）が徘徊する場所だ。不死者（アンデッド）は人間の魂に引かれてやってくる。それゆえ、人が入り込める場所ではないはずだった。

それなのに、ロアがくれた清浄結界の魔道具があれば、有効範囲内に不死者（アンデッド）は入ってこない。その範囲は安全地帯となるのだ。

それが、望郷がここまで問題なく旅をして、この場所に野営をできている理由だった。

清浄結界の魔道具に不死者（アンデッド）を倒す力はないが、嫌って近づいてこないのである。

周囲を徘徊する不死者（アンデッド）は今のように倒してもいいし、無視してもいい。それだけで、行動の選択肢は大きく広がる。

そしてまた、不死者（アンデッド）を完全に消滅させたい場合は、ロアのくれた治癒魔法薬や聖水（せいすい）で処理できる。

今、望郷が平気な顔でこの場所にいられるのは、全てロアのおかげだった。

「今思うと、暁の光も、最初からあんな人たちじゃなかったんだと思うわ。私が気を付けてても、勘違いしそうになるんだもの、何も考えずに過ごしてたら、勘違いして増長（ぞうちょう）して道を踏み外すのも当然だと思う。しかも、あんなすごい従魔まで従えてたんだもんね。それもロアのおかげだったけど」

暁の光の人間性そのものにも原因はあったのだろうが、それだけではないとコルネリアは言いたかった。

ロアにしてみれば、所属しているパーティーが安全に過ごせるように配慮して、自分のやれることをやっただけだ。しかし、それが悪い方向に働いたのだろう。

真剣に訴えるコルネリアを見て、ディートリヒは頬を緩めた。

「やっぱ、うちのコルネリアさんは最高だわ」

「えっ？」

「ちゃんと分かってるじゃないか。それに、自制もできてる。それだったら絶対に道を踏み外すことはないと思うぞ！　安心して、俺たちのお目付け役を任せられるな」

ディートリヒは、歯を見せた満面の笑みをコルネリアに向けた。

頼りがいのある、優しい大人の笑み。

根拠のない無責任な発言だと思いつつも、コルネリアは、それを見ただけで不安が取り除かれていくように感じた。

普段はバカなことしかしないリーダーだが、こういったふとしたことで安心感を与えてくれる。

ちょっとした言葉で、不安な気持ちを拭ってくれる。

特別な言葉を言ってくれるわけではないが、それでも気持ちが楽になるのは、やはり人柄なのだろう。

絆(ほだ)されちゃってるなぁ……と思いつつも、コルネリアはそのことを嬉しく感じた。

「それに、迷いがあるなんてのは、当たり前のことだろ。もし、本当にもし、勘違いして道を踏み外しそうだったら、オレがぶん殴ってでも止めてやるよ！」

「……そうね、じゃあ、リーダーが道を踏み外したら、私が殺してでも止めるわね」

コルネリアも笑みを浮かべ、ディートリヒの鼻先をかする位置に戦槌(ウォーハンマー)を軽く振った。

「待て、それはシャレになってない。つうか、殴ってでもって言ったのに、オレは殺されるのかよ？」

「リーダーはそこまでしないと止まらないから！　さて、動く骸骨(スケルトン)の後始末しないと！　復活しちゃう！」

気持ちの切り替えができたのか、コルネリアは柔らかく笑う。そして、動く骸骨(スケルトン)の残骸を集め始めた。

「それにしても、ホントにここは不死者(アンデッド)だらけだな」

少し無理をしている感じもあるものの、コルネリアがいつも通りに戻ったのを確認して、ディートリヒも手を動かし始める。

ディートリヒが愚痴(ぐち)るのも仕方ない。ここに来てからはずっと動く骸骨(スケルトン)狩りをしているのだ。たまに死霊(ゴースト)なども見かけるものの、それらまで退治しようとすると魔法薬の無駄になるため、無視している。

「旅に出る前にグリおじさんがここには魔術師死霊(リッチ)もいるって言ってたから、その影響じゃない？　魔術師死霊(リッチ)がいると他の下級な不死者(アンデッド)も活発化するって言うし」

「そういうもんなのか？　それにしても多過ぎる気もするが……」

不死者(アンデッド)を引き寄せる、何かもっと大きな力がある気がする。そんな嫌な予感を抱きながらも、ディートリヒは動く骸骨(スケルトン)の処理を続けるのだった。


夜が明け、城塞迷宮(シタデルダンジョン)調査団がまた動き出す。

昨夜は何もなかったが、前日のウサギの襲撃の記憶が拭い切れずに、不安から浅くしか眠れなかったため、ほとんどの者が寝不足だった。

「ねむい……」

ロアもまた、寝不足だった。

〈何だ、小僧。珍しいな？〉

隊列の一番後ろで、ロアと並んで歩いているグリおじさんが声を掛けてくる。双子の魔狼たちもまた、いつもと違うロアを心配そうに見上げていた。

ロアの睡眠時間は基本的に短い。短期間であれば、数時間の睡眠しか取れない日が続いても平気だ。これは暁の光にいた時代に、夜遅くまで働いて、早朝に起き出す生活を続けていた所為だった。

昨夜は夜中に抜け出してピョンちゃんの森に行っていたが、それでも十分な睡眠が取れる時間に帰ってきていた。いつものロアなら、寝不足になるはずがなかった。

「ほとんど寝られなくて……」

〈我を枕にして寝ておいて、不遜なやつだ！　我の寝心地は最高であろう！〉

自分の寝心地には自信があるグリおじさんである。

「いや、昨日のことを考えてて、眠れなかったんだよ」

〈何だ、あんなやつの言葉に心を動かされるなど、気に食わんな。あんな木の葉など捨ててしまえ〉

「そっちじゃなくて、戦闘薬の方」

生命の巨木（ガオケレナ）の葉も気になるが、あれはいつも通り実験していこうと考えていた。

賢者の話は、ピョンちゃんにあれだけ言われたにもかかわらず、まだロアは自分がなれるわけがないと思っている。だからこそ、気楽に実験をする気だった。

失敗は当然だとも、考えている。

だが、戦闘薬の話は、今直面している問題だ。

瑠璃唐草騎士団（ネモフィラ）が戦闘薬の効果で無謀な行動を取っているのなら、最悪の場合は、その行動に巻き込まれて調査団が全滅してしまう可能性がある。

何せ、薬を使用している者たちがこの調査団を率いているのだ。

だが、ロアは同行する以上は、全員無事な状態で帰りたかった。

それはロアが旅に出る当初から考えていたことであり、そのためにはグリおじさんたちに負担をかけることになっても仕方ないと思っていた。

冒険者にとって助け合いは基本だ。仲間の命は何にも代えがたい。

かといって、実のところ、今の状況でロアにできることはほとんどない。戦闘薬は禁止魔法薬だが、騎士団が使っているのなら、許可が出されているのかもしれない。それならば、ロアには飲むのをやめるように言う資格はない。

それどころか、戦闘薬のことを指摘したことで、その情報をどこで知ったのか問い詰められ、犯罪者扱いされる危険がある。ヘタな手出しも口出しもできない。

そんなことを考えていたら、眠れなくなってしまったのだった。

〈何だ、そのような悩み程度で眠れぬとは、小僧は相変わらず小心者だな。自滅する連中は見捨てればいいではないか〉

グリおじさんは、さもつまらないことのように吐き捨てた。

「でも、オレたちもその所為で危険になるかもしれないよ？」

〈そんなわけないであろう？　我と双子がいるのだぞ！　そうであろう？〉

グリおじさんの言葉に、双子の魔狼は「わふ！」と勢い良く返した。

双子もロアを守り通す自信があるらしい。

「でも、できればこの調査団の全員で帰りたいんだよね」

〈自分から死にに行くやつの面倒など、我は見ないぞ〉

「でも」

〈でも、でも、ばかり言っていても仕方ないであろう。現実を見るのだな〉

ロアが眉根を寄せて口ごもり、考え込んだところで、隊列の先頭の方が騒がしくなった。

「森を抜けたぞ!!」

兵士の叫びが聞こえ、それと共に歓声が上がった。

〈やっと抜けたか〉

「そうみたいだね」

〈だが、兵士共は何を喜んでおるのだ？　安全地帯が終わったのだぞ？　ここからは力なき者には等しく死を与える、魔獣の世界なのだぞ？　弱者共には地獄でしかないであろう〉

兵士たちの歓声に、グリおじさんの冷ややかな声が溶けていった。

兵士たちも、この森を抜けた先が死地である城塞迷宮（シタデルダンジョン）だと知っている。

しかし、あのウサギたちの襲撃によほど恐怖を覚えていたのだろう。

森を抜けたことを純粋に喜んでいた。

だが、本当の恐怖はこれからだった。

森を抜けると、そこは丘の上だった。

いや、森の先の土地が、一段下がっていたと言った方がいいのだろう。

盆地(ぼんち)と言うのだろうか、緩やかな下り坂が続き、その先は広大な平野となっていた。ところどころに緑はあるが、そのほとんどが草原地帯だ。この土地の構造が周囲の魔力――魔素(まそ)を溜め込み、魔素を好む魔獣をこの地に留めているのだ。

そして、はるか遠くに見える、草原に不似合いなもの。

黒い、禍々(まがまが)しい城塞。

「あれが、城塞迷宮(シタデルダンジョン)？」

ロアは異様に目を引くそれを見て、ポツリと呟いた。

歩いていくなら二日はかかるのではないだろうか？　そんな遠方にもかかわらず、しっかりと存在が確認できるということからも、その巨大さが分かる。

幾重(いくえ)にも張り巡らされた城壁に守られており、城塞としても巨大だ。中心部には高い塔がそびえ立っている。

〈そうだ。久しぶりだ〉

「そっか、グリおじさんは古巣だって言ってたね」

城塞迷宮(シタデルダンジョン)のことを、グリおじさんは古巣と呼んでいた。だが、多くを語ろうとしない。

ロアも、何か理由があって巣を失ったのかと考えて、詳しく聞くことは避けていた。それにどうせ、聞いてもグリおじさんは教えてくれないだろう、という諦めもあった。グリおじさんは余計なことは好き勝手に話す癖に、自分自身のことは話したがらない。

グリおじさんは目を細めて城塞迷宮(シタデルダンジョン)を見つめ、そしてロアの方を向く。

〈骨たちが来たぞ〉

「骨……動く骸骨(スケルトン)？」

〈そうだ。生者の魂に引かれてこちらに寄ってきておる。生(なま)っぽいのはおらぬようだが、我はあれの相手をする気はないぞ？〉

グリおじさんの言う「生っぽいの」とは動く死体(ゾンビ)のことだ。

動く死体(ゾンビ)が年月を経て完全に骨だけになると、動く骸骨(スケルトン)になると言われている。どちらも人間の死体が、魔素によって魔獣化した不死者(アンデッド)だ。死体なので意思があるわけではないが、生きた人間の魂に引き付けられて殺しにやってくる。

性質は若干の違いがあり、動く骸骨(スケルトン)は人間より少し遅いくらいの動きをし、倒されてもすぐに復活して近くにいる仲間を呼ぶ。それに対し、動く死体(ゾンビ)は肉の重みの所為かさらに動きが遅く、倒されてもすぐには復活せずに仲間も呼ばない。

ある意味、動く骸骨(スケルトン)は動く死体(ゾンビ)の上位種と言ってもいいだろう。

ただ、グリおじさんは動く死体(ゾンビ)の方が嫌いだ。それはもう、自分の魔法を当てるのすら嫌がる。主に、肉に巣食(すく)う虫が理由で。

その所為で、虫が付いている可能性がほとんどない動く骸骨（スケルトン）も、同類とみなして嫌っていた。

「まあ、不死者（アンデッド）はオレでも対処できるからそれはいいんだけど。どれくらいの量が寄ってきそう？」

〈数千といったところだな。久しぶりの生きている人間の接近で、この周辺にいるのが全部寄ってくるであろうからな。まあ、一度全滅させればしばらくは寄ってこなくなるから安心しろ〉

「数千……」

その数を聞いて、ロアは眉根を寄せた。

ロアはいいが、この場にいる騎士と兵士では対処しきれない数だ。

不死者（アンデッド）の天敵である、治癒魔法を使える魔法使いがいれば何とかなるだろうが、それもいない。

治癒魔法を使える者は教会が率先（そっせん）して囲っているため、貴重なのだ。能力が低い者ですら大事にされている。使い捨てのような、死んで当然のこの調査団にいるはずがない。

治癒魔法薬も同様に不死者（アンデッド）に効果があるが、数千という数に対処できるほどの量は持っていないだろう。

ロアは自分で作れるので大量に持っているが、本来は治癒魔法薬は貴重なものなのだ。

ロアは考え、大きくため息をついた。

「オレと双子だけで倒すしかないか」

清浄結界の魔道具を使えば、遠ざけることはできるが、露骨に調査団の周りだけ不死者（アンデッド）が近寄ってこないとなると不自然だ。

ロアの持っている、普通より小型化された清浄結界の魔道具の存在がバレると、色々と厄介なことになる。

清浄結界の魔道具は、教会が製造方法を独占しているもので、ロアたちが独自に作ったとバレると、教会を敵に回す可能性が出てきてしまうのだ。

望郷のメンバーたちのように、事情を知っている者たちだけで行動している場合しか使えない。

この場にいる人間全てに口止めしたところで、国に忠誠を誓っている軍の人間が、嘘の報告をしてくれるとは思えなかった。

「動く骸骨(スケルトン)だ！　動く骸骨(スケルトン)が近づいてくるぞ!!」

周囲を探っていた斥候(せっこう)の叫びが聞こえた。

「逃げても追われるだけだ！　迎え撃つぞ！　準備をしろ！」

斥候の叫びを追うように、ジョエルの声が飛んだ。

今から馬車を反転させて逃げるのは時間がかかり過ぎる。迎え撃つしかない。その判断をジョエルは瞬時にしていた。

ちなみに、この調査団の団長であるアイリーンが、馬車から出てくる様子はない。

また瑠璃唐草騎士団(ネモフィラ)の女騎士たちは、アイリーンの馬車の周囲に集まっていっているため、彼女だけを守るつもりなのだろう。

この場を仕切っているのは、ジョエルだ。誰が調査団の団長なのか分からない状態だった。

間を置かず、緩やかな坂の下に動く骸骨(スケルトン)の姿が見え始めた。

「珍しい鎧や武器だなぁ。骨董品(こっとうひん)でも見たことない」

ロアはどこからともなく集まってくる動く骸骨(スケルトン)を眺めながら、呑気に呟いた。

不死者(アンデッド)は唯一、ロアが昔から対応が得意な魔獣だった。暁の光に所属していた時は、治癒魔法を使える聖女の存在とロアが作る大量の治癒魔法薬があったため、他の冒険者では手を出せない不死者(アンデッド)狩りを率先してやっていた。

慣れているので落ち着いて対応できる。それに、グリおじさんから事前に色々聞いていたので、準備も万全だ。

動く骸骨(スケルトン)の名に相応しい骨だけの姿で、鎧を着て武器を持っている者も多い。それは全て古いもので、錆(さび)が浮いたり部品が欠けていたり歪んだりしている。

城塞迷宮(シタデルダンジョン)の周辺は太古の古戦場である。ロアが見たこともない鎧や武器も、その時代のものだろう。

「何て数だ！　もうダメだ！」

「オレたちはここで死ぬんだ」

多数の動く骸骨(スケルトン)が集まってくるのを見て、兵士たちから弱気な呟きが漏れ始めた。

騎士たちにはさすがにそのような弱気な発言をする者はいないが、それでも顔を青くして強張らせていた。

普通の人間には、倒しても復活してくる不死者(アンデッド)は厄介な存在である。普通の魔獣より倒すのが得意という、ロアがおかしいのだ。

騎士も兵士も、自分たちが城塞迷宮(シタデルダンジョン)の領域を甘く見ていたことを実感する。

辿り着いていきなり、これほどの数の魔獣に襲われるとは思っていなかった。

〈昔より多い気がするな。どこかの国が大規模な討伐隊(とうばつたい)でも送り込んだか？　それとも縄張りの外に出てどこかの村でも襲ったか？　魔素の濃さのおかげでここから出ることは少ないが、出られないわけでもないしな。まあ、こやつら腰抜け軍隊も、このままではあれの仲間入りだな〉

グリおじさんも、当然のように呑気に言う。グリおじさんにしてみれば、他人事だ。

兵士たちには恐怖が広がり、狼狽(うろた)え、震えて満足に武器を握れない者もいた。

「さて、やるか。双子も頼むね」

「ばう！」

「ばう！」

ロアは肩にかけている魔法の鞄(マジックバッグ)から、あるものを取り出した。

それは、大鍋。

大きな食堂などで使う、腕を回しても抱えきれないほどの大きくて深い寸胴鍋(ずんどうなべ)だ。特別なものではなく、普通の鉄製。

「じゃ、お願い」

ロアの言葉で、赤い魔狼が前に出てくる。

ロアはその背に大鍋を乗せた。

赤い魔狼に対して大鍋はあまりに大きく、上から見ると完全にその姿が隠れてしまう。それでも赤い魔狼はまったく苦にすることなく、むしろ大きくシッポを振っていた。

「入れるよ」

次にロアが取り出したのは小型の樽（たる）だ。

栓（せん）を抜くと、中の液体を鍋に注ぎ込む。

液体が中に入っていくと、当然ながら重さは増していくが、魔狼は涼しい顔だ。大鍋はその背で揺れることなく直立しており、まるで背中に接着されているようだった。

樽が空になると、さらに次の樽を取り出して注ぎ込んでいく。

「なっ、何をやっているんだ!?　動く骸骨（スケルトン）が来るぞ！」

近くにいた兵士がロアの奇行を目にして声を掛けてくるが、傍らにいるグリおじさんに怯えて近寄ってはこなかった。

「動く骸骨（スケルトン）を駆除（くじょ）しようと思いまして」

「くじょ？」

ロアはハッキリ駆除と言ったが、兵士は自分の耳を疑った。

討伐でも退（しりぞ）けるでもなく、駆除。

それは害虫や害獣……圧倒的に自分より弱いものに使う言葉だ。動く骸骨（スケルトン）には当てはまらない。

「さて、満杯。準備はできた！　それじゃあ……」

動く骸骨（スケルトン）はすでに近くまで来ており、今にも兵士たちとの戦いが始まりそうだった。

その時。

「今こそ、わたくしの強さを見せる時ですわ！　団長アイリーン並びに瑠璃唐草（ネモフィラ）騎士団、参ります!!」

白馬に乗って前に出たのは、アイリーンだった。

思わず、ロアどころか従魔たちまで目を剥（む）いてその姿を見つめた。

銀色に輝く全身鎧。

至るところに瑠璃唐草（ネモフィラ）の花の装飾（そうしょく）があり、これ以上華美（かび）な鎧はないだろうという見た目だ。

女騎士たちは皆同じ鎧だったが、団長であるアイリーンだけはマントを付け、兜（かぶと）に団長を示す羽根飾りがあった。手にしている武器は、馬上ということでこれまた銀に輝く槍（ランス）だ。

日の光を反射して輝き、目に痛い。

どう考えても目立っていて、魔獣から集中して狙われる姿だろう。

〈ククク……出てきたな！〉

グリおじさんが楽しそうに笑う。

「あーーーー」

思わず、ロアは呆れた声を上げる。額に手を当てて、天を仰いだ。

可能な限り他人を尊重するロアに、こんな声を上げさせる人間は少ない。

「さあ！　皆の者、わたくしの後に続きなさい！」

馬上で叫ぶ姿は堂々としたものだ。

とても、森の中でウサギの襲撃に怯え、馬車から一歩も出てこなかった者と同一人物とは思えない。人が変わったようだ。

ロアはその違いの理由を知っている。

戦闘薬だ。

ウサギの襲撃の時は飲んでおらず、今はしっかり飲んできたのだろう。気分を高揚させ、恐怖を忘れさせる戦闘薬の効果だ。

今のアイリーンは幸せそうに笑みを浮かべており、自信に満ちていた。

周りを固める他の瑠璃唐草騎士団員たちも、同じように現状に似つかわしくない微笑みを浮かべていた。彼女たちも戦闘薬を使っているのだろう。

〈小僧！　双子よ！　しばらく手を出すなよ!!〉

「え、でも」

「ばう！」

「ばう！」

双子の魔狼からも抗議の声が上がる。

グリおじさんはアイリーンの戦いを観戦する気、満々だ。すでに戦場を見下ろせる高い位置を確保して、悠々（ゆうゆう）と寝そべっている。

〈なに、死人が出る前に介入すればいいだけであろう。せっかく長い旅をしてここまで来たのだ。あやつらにも戦いを経験させてやらねばな〉

ロアは他人に迷惑をかけまくるため苦手としているが、グリおじさんはアイリーンが好きだ。

きっと、滑稽（こっけい）な姿で楽しませてくれる道化（ピエロ）か何かだと思っているのだろう。戦場を混乱させ、自身も被害を受けて情けない姿を晒（さら）すアイリーンは、グリおじさんにとって最高の見世物（みせもの）だった。

アイリーンと瑠璃唐草（ネモフィラ）騎士団は調査団から飛び出し、動く骸骨（スケルトン）の集団へと向かって行く。

他の騎士たちは止めようとしたが、間に合わない。

瑠璃唐草（ネモフィラ）騎士団が飛び出したことで、迎え撃つために準備していた戦線は意味がなくなり崩れた。

男騎士たちは仕方なく瑠璃唐草（ネモフィラ）騎士団を追い掛けて馬を走らせ、兵たちは指揮が狂ったことでどうしていいのか分からず、狼狽え始めた。

瑠璃唐草（ネモフィラ）騎士団が動く骸骨（スケルトン）と激突する。

最初の一撃は、瑠璃唐草（ネモフィラ）騎士団が優勢だ。動く骸骨（スケルトン）はあっさりと斬りつけられる。

しかし、そこから先は動く骸骨（スケルトン）たちの有利に傾いた。

動く骸骨（スケルトン）は痛みを感じない。斬りつけられたことで怯んだりしない。腕を斬り落とされても、胴を刺されても動きを変えることはない。仲間が斬り殺されても気にもしない。

今まで不死者（アンデッド）と戦ったことがなかった瑠璃唐草（ネモフィラ）騎士団は、一気に不利になった。彼女たちの戦い方は、人間や動物型の魔獣など、痛みを感じて怯む相手に対してのものだ。不死者（アンデッド）相手には効果が薄い。

「な！　どうして!!」

大量の動く骸骨（スケルトン）たちに群（むら）がられて初めて、彼女たちは、この戦いが今までと違っていることに気付いたのだった。

動く骸骨（スケルトン）は騎士たちが乗っている馬に取り付き、馬に蹴り飛ばされながらも剣を突き立てる。騎士たちは身動きできず、周囲の動く骸骨（スケルトン）に剣や槍（ランス）を振るって倒すものの、その穴はすぐに埋まってしまう。こうなれば、いずれ瑠璃唐草（ネモフィラ）騎士団は壊滅するしかなかった。

騎士たちは馬で先行したため、後続の兵士の追撃も間に合わない。

〈おお！　戦いに出ただけで見事にめちゃくちゃだな！　ははははっ！〉

「笑い事じゃないって。やるよ、放っておいたら死人が出る！　お願い！」

「ばう!!」

ロアが合図を送ると、赤い魔狼は嬉しそうにシッポを振りながら駆け出した。

その背にある巨大な大鍋は揺れることはない。驚異的な運動能力で背中の鍋を保っているため、中の液体がわずかに揺れるだけで、溢（こぼ）れることもない。

「さて、追加の準備をしておこうか」

そう言うと、ロアは先ほどと同じ大鍋を取り出し、青い魔狼の背に乗せた。

こちらも嬉しそうにシッポを振っている。

「あの、あれは……？」

近くにいた兵士の一人が、駆けていく赤い魔狼を見つめながら恐る恐る声を掛けてきた。

兵士の半数は騎士たちを追って戦場に向かったが、半数は馬車を守るために残っている。

男性騎士たちも、まともな指示も出さず瑠璃唐草騎士団（ネモフィラ）を追って行ってしまったため、陣地（じんち）がある場合の魔獣討伐の際の決まりに従って行動していた。

「あれは、特別な治癒魔法薬です。加熱しても効力を失わないんですよ」

「治癒魔法薬ですか……？　なぜ鍋に？」

「まあ、見ててください」

「はあ」

そう言われ、渋々ながら兵士は走り去っていった赤い魔狼に目を向けた。

赤い魔狼が動く骸骨（スケルトン）の集団に近づいたあたりで、鍋の中から白煙が上がり始める。

それは段々と濃くなっていき、見る見るうちに霧のように周囲に立ち込め始めた。

そして、動く骸骨（スケルトン）に変化が現れる。

白煙に触れたあたりの動く骸骨（スケルトン）の動きが止まる。

そして、瞬く間に動く骸骨は崩れ落ちていった。

「……何だ？　何が起こっている？」

兵士は驚いて声を上げたが、ロアはまだ、青い魔狼が背負う鍋に液体を注ぐ作業を続けていた。

赤い魔狼の背にある大鍋からなおも白煙は広がり、動く骸骨は崩れ落ち続けた。

「蒸気ですよ。治癒魔法薬の蒸気で、動く骸骨を浄化してるんです」

自分たちのやったことの結果に、満足そうにロアは微笑んだ。


ジョエルは苦戦させられていた。

調査団の団長であるアイリーンが、瑠璃唐草騎士団と共に、動く骸骨の大群に向かって行ってしまったのだ。

それを目にして仕方なく、男性騎士たちも追随した。

その結果が、この苦戦だ。

動く骸骨の大群を目にした時から苦戦、もしくは全滅を覚悟していたが、それでももう少し戦えるはずだった。

だが、予測に反して数分ともたずに崩壊しようとしている。

先行した騎士たちは、完全に動く骸骨に囲まれてしまって身動きが取れない。後から付いてきた兵士たちも、こちらから指示が出せないため連携が取れておらず、崩壊寸前だ。

魔法が使える者もいるが、この乱戦では狙いが定められないし、それ以前に、押し寄せてくる動く骸骨が詠唱の時間を与えてくれない。

「くそっ！」

壊滅するとしても、せめて善戦したかった。

動く骸骨は一体一体はそれほど強くない。地道に潰していけば、それなりに戦えるはずだった。

しかし、ジョエルのその思いもアイリーンたちに踏みにじられた。

このまま殺され朽ちていくのか？　いや、動く骸骨の仲間にされ、罪のない人間を殺して回ることになるのかもしれない。

騎士として、人を守ることに矜持を持って生きてきたのに、人を殺す凶悪な魔獣にされてしまうのだ。

ジョエルは剣を固く握りしめ、口惜しさに唇を噛んだ。

「きゃっ」

「助けて！」

時々、女性の声が聞こえる。瑠璃唐草騎士団の女騎士のものだ。

助けを求める声に、お前たちの所為だろう！　と叫びたかったが、そちらに気を向けていられる状況ではない。

視界の端では、アイリーンが馬から引きずり降ろされ、動く骸骨の波に消えようとしているのが見えた。

ざまあみろと言いたいところだが、自分も同じ運命を辿りそうな状況にそうも言っていられない。

「くそっ!!」

自分の末路が脳裏に浮かび、感じた怒りを目の前の動く骸骨にぶつける。

すでに槍は取り落としており、剣を振るっている。馬上からは攻撃し辛い。

馬は訓練されているため、囲まれても暴れてジョエルを振り落とすことはないが、それでも傷つき、恐怖に身を震わせているのが伝わってきていた。

……もう終わりか……。

覚悟を決めようとしたその時、周囲を吹く風に白いものが混ざっていることに気が付いた。辺りに靄が出ている。

霧にしてはおかしい。ほのかに暖かく、一定の方向から流れてきているようだった。

気が付いた次の瞬間、動く骸骨の動きが止まった。

「……何だ？　何が起こってる!?」

周囲の騎士たちからも、疑問の声が上がり始めた。

そして、動く骸骨が崩れ始めた。

まるで、積み木が崩れるように、乾いた音を立てながら地面に転がっていく。

気付けば、立っているものは騎士たちと……そして。

「なべ？」

鍋が立っていた。

食堂で使うような、大きな寸胴鍋だ。その鍋の中身は激しく煮立っており、白い湯気がもうもうと上がっていた。

「まさか、あの湯気が周囲に立ち込めてるのか？」

「ばう！」

ジョエルがその疑問の言葉を口にした途端、短い吠え声が響いた。

鍋が吠えた？　とジョエルは驚いたが、よく見ると鍋の下に赤い魔狼がいる。

赤い魔狼はジョエルと目が合うと、前足を軽く振って挨拶してきた。

まさかあの鍋の中身が、動く骸骨（スケルトン）が動きを止め、崩れ落ちた原因なのだろうか？

何が起こったのかよく分からないが、どうもまた冒険者殿（ロア）に命を救われたらしい……ジョエルは深く感謝して、彼がいるはずの方向に視線を向けた。


「あとどれくらいだろ？」

ロアは、青い魔狼の背中に乗せた大鍋に液体を注ぎながら、探知魔法（ソナー）を発動する。

この魔法はクリストフが得意としているもので、ロアも練習して使えるようになった。魔力を一定間隔で広げることによって、周囲を探ることができる。

本当なら、危険のある場所では常時発動する癖をつけた方がいいのだろう。だが、グリおじさんや双子の方が探知範囲も広く、先に教えてくれるため、よほどのことがない限り使いどころがないものとなっていた。

「まだ残ってるみたいだな。それじゃ、お願いするね」

「ばう！」

ロアが声を掛けると、青い魔狼が赤い魔狼の下に走っていく。

その背にある大鍋は、交換用だ。

中身は加熱しても効力を失わない治癒魔法薬……ということになっているが、聖水である。聖水のことは隠しておきたいので、自分が独自に作った特殊な治癒魔法薬ということにしたのだった。

聖水は加熱しようが凍らせようがその性質を変えない。

そして、聖水には、治癒魔法薬よりも強い、不死者(アンデッド)を消滅させる効果があった。

普通に撒(ま)き散らしても効果はあるが、広範囲に撒くにはかなり手間がかかる。

そこでロアはそれを鍋に入れ、赤い魔狼の背中に乗せて加熱することにした。沸き立った聖水から立ち上る蒸気を撒き散らすことで、不死者(アンデッド)を一気に浄化、殲滅(せんめつ)することにしたのだ。

熱源は赤い魔狼の魔法だ。

一瞬にして水を沸騰(ふっとう)させられる強力な魔法は、瞬く間に蒸気を作り出し、広い範囲を埋め尽くした。

もちろん、すぐに鍋の中の聖水は空になってしまうため、青い魔狼に交換用の大鍋を運んでもらっているのである。

ちなみにまだ誰も尋ねてこないが、この大鍋は魔道具で、加熱は鍋の力で行っていることにしようと思っている。双子が魔法を使えることも、ギリギリまでは秘密にしておきたかった。

そんなわけで、数千を超える動く骸骨(スケルトン)たちは、燻蒸剤(くんじょうざい)で駆除される害虫のように、一気に殲滅されていったのだった。

「ここから先は上手くやらないとな」

ロアは、この調査団から犠牲者を出すつもりはない。

一緒に行動するのであれば、嫌われていようが、皆が生き残るように自分のできる限りのことをやろうと思っている。それは、暁の光にいた時から変わらない方針だ。

城塞迷宮(シタデルダンジョン)に行って、帰ってくるまでは気が抜けない。

ロアは気合を入れ直した。

そんなロアを、グリおじさんは見つめていた。

グリおじさんは、見晴らしのいい場所で悠々と寝そべったままだ。

〈また、つまらぬことを考えておるな？〉

ロアに聞こえない程度の声で呟く。

このままでは、同じことの繰り返しだろう。暁の光の愚か者たちのように、増長して勘違いする者が出かねない。あの暴走令嬢(アイリーン)は面白いが、一番勘違いしてロアの害になりそうだ……。

そう考えて、目を細める。

今のロアの望みは、古巣(シタデルダンジョン)の調査を成功させ、本物の冒険者となることだ。

以前と異なり、仲間の生存は冒険者になれる条件に入っていない。

調査団の連中と絆を強め、改めて助けたいと感じたようだが、だからといって絶対に必要なことではない。ロア以外の調査団が全滅したとしても、ロアは望み通り冒険者になれるのだ。

暁の光のメンバーに認められて万能職(みならい)を卒業し、本物の冒険者になることを望んでいた時とは違う。あの時は、ロア以外の者が全滅してしまえば、冒険者を続ける道は断たれていた。

それに、グリおじさんは反省していた。

ロアの意思をできるだけ汲(く)もうとして、ロア自身を傷つけてしまった。

同じことを繰り返すのは愚か者がすることだ……。

ロアを傷つける兆候があれば、ロアができるだけ傷つかない形で排除しよう。そう、心に決めていた。

目の前で排除されなければ、ロアは自分自身で考えて、納得して折り合いをつけてくれる。暁の光の時がそうだったのだから、間違いない。

……ついでに、できれば自分たちの欲望も叶えられたら万々歳だ。ここでやりたいこと、やり残したことは幾つかあった。

やりたいことに使える道具はここには大量にある。そして、グリおじさんは、その道具たちのことをよく知っている。上手くやれば、ロアが気付かないうちに全て終わらせられるだろう。機会があれば、試したいこともある。

不死者(アンデッド)が駆除されて呆然としている騎士や兵士たちを眺め、グリおじさんは密かに笑みを浮かべるのだった。


双子の魔狼は、戦場を走り回っていた。

〈たのしーーーー!〉

声を揃えて騒ぎまくっている。

その背中には大きな寸胴鍋。かなりの速さで走り回っているにもかかわらず、水面が揺れる程度で、中身は一滴すら溢(こぼ)れる様子はない。魔狼の驚異的な身体能力とバランス感覚の為(な)せる業(わざ)だろう。

赤い魔狼の背中の大鍋はボコボコと激しく沸き立っており、白煙のごとくもうもうと湯気を上げていた。

〈なんかモヤモヤしたのもいたよ〉

〈もやもや?〉

互いに情報交換も忘れない。離れた時は、すぐに情報を交換して認識を統一する。

モヤモヤというのは、動く骸骨（スケルトン）につられて集まってきた死霊（ゴースト）のことだった。

しかし、人間たちに認識される前に、聖水の蒸気にやられて消えてしまっている。姿を現すことすら許されなかった。

〈交換！〉

〈交換！〉

そう言った瞬間には、二匹同時に背中の大鍋を高く跳ね上げていた。お互いの位置を素早く入れ替えて、大鍋を交換する。

赤い魔狼の背に乗った大鍋は瞬時に沸き立ち、青い魔狼に乗った鍋は瞬時に冷えて霜（しも）を浮かべた。

〈行くね〉

互いに声を揃えて言うと、駆け出す。

赤い魔狼は、まだ生き残っている動く骸骨（スケルトン）の下へ。青い魔狼は、空になった大鍋を持ってロアの下へ向かって行った。

昨日ロアは、先日戦った妙なウサギの臭いをつけて帰ってきた。

その所為で二匹は少し不機嫌だったのだが、走り回ってそんな気分も一気に晴れた。

あのウサギは悪いものだ。

ロアと楽しそうに戦っていた。ロアと仲良くする魔獣は、自分たちとおじちゃん以外はいらない。

それに、あのウサギは意地悪そうだった。自分たちが必死になって戦っているのにバカにしていたウサギたちの、リーダーだ。性格が悪くないわけがない。

群れの意思は、リーダーのものだ。

リーダーの意思は絶対だ。

あのリーダーのウサギの性格が悪いから、あの群れは性格が悪かったのだ。

双子の魔狼は、二匹だけの群れだった。

どちらもリーダーであり、どちらもメンバーだった。

だからこそ、お互いの意思を尊重し、どちらかが嫌いなものは二匹とも嫌いなのだ。

双子の魔狼は、双子の魔狼という群れであり、二匹で一匹の、双子の魔狼という生き物だった。

今はまだ、それでいい。

双子の魔狼という、一つの名前を共有しているのだから。

ロアたちが不死者(アンデッド)の大群の駆除を行っていた頃……。

ペルデュ王国のアマダン伯領では、冒険者ギルドのマスター、スティードが机に突っ伏していた。

ここは、冒険者ギルドの訓練場に張られた大きな天幕の中である。

建物が謎の倒壊現象を起こしたため、仕方なしに大規模魔獣討伐時の本陣設営用の大きな天幕を引っ張り出して、それを被害のなかった訓練場に張って、ギルドの仮事務所としたのだった。

一応、天幕内は衝立(パーティション)で区切られているが、ギルドマスターも事務員も全て同じ天幕内だ。

冒険者の受付作業に至っては、場所が足りないため屋外でやっていた。

謎の倒壊現象が何だったのか、いまだに判明していない。建物にかけられていた強化の魔法も防御の魔法も、とにかく全ての魔法が解けていた。

しかも建材そのものも劣化しており、酷いところは内部が砂状になっていた。その原因も不明だ。

何者かの攻撃かと思われたが、その手掛かりもない。実に頭の痛い状況だった。

倒壊前に建物が異常な音を上げていたため、避難と貴重品の持ち出しが間に合ったのが、不幸中の幸いだろう。

今は再建のために、瓦礫（がれき）の撤去が何とか終わった状態だ。

だが、今、ギルドマスターが机に突っ伏している原因は、それとはまったく別のことだ。

「ギルドマスター、何か御用でしょうか？」

扉がないため、区切っている衝立（パーティション）を軽くノックして、受付主任のビビアナが、ギルドマスターに割り振られた場所に入ってくる。

ここはギルドマスターとの重要な話もあるため、他と違い、音が外に漏れないように可能な限り遮られている。

ビビアナもまた、倒壊後の対応と通常業務の維持に走り回り、疲れ果てていた。

いつもの凛とした雰囲気はそのままだが、肌荒れと目の周りのクマを隠すためか、いつもより厚化粧だ。まとめられた髪も傷（いた）んで乱れがあった。

この倒壊は、ビビアナが独断で、ロアからグリおじさんの支配権を奪おうとしたことが発端であり、それを攻撃と受け取ったグリおじさんによる報復だった。思惑通り、どうやらビビアナの嫌がらせに成功したようだ。

多数の巻き添えと損害が出てしまったが、グリおじさんは気にもかけないだろう。

「来たか」

「ひっ！」

「大丈夫だ、声を落とせ」

衝立の中に入った途端にビビアナが悲鳴を上げ、ギルドマスターは顔を上げたが、彼女は彼のことを見ていなかった。ビビアナの視線は、ギルドマスターの背後に向いていた。

そこにいるのは、猫くらいの大きさの生き物だ。

椅子の背もたれの上に鳥のように止まっている。

濃いオレンジ色で、見た目はトカゲそっくりだが、その背中には蝙蝠のような翼があった。

「……ドラゴン、ですよね？」

「可憐小竜だ。害はないからな、静かにしろよ？」

自分のことを言われたと気付いたのだろう。可憐小竜は「キュイッ？」と短く鳴くと首を傾げた。

その胴には小さなポシェットがあり、頭には郵便配達員のような、固い生地の帽子を被っていて、あざといくらいに可愛らしい。

つぶらな瞳を真っ直ぐにビビアナに向けていた。

「なぜそんなものがここに？」

「メッセンジャーだ。手紙を運んできた。冒険者ギルドの従魔だからな、安心しろ」

ビビアナがよく見ると、その可憐小竜（タイニードラゴン）は首輪をしていた。

細いが、従魔の首輪とデザイン的に共通しているところがあった。デザイン違いなのか、それとも特製のものなのか分からないが、従魔であることは間違いなさそうだ。

従魔を手紙を届けるために利用している者はたまにいる。

だが、それは小鳥がほとんどで、ドラゴンをそんなことに使う者はいない。可憐小竜（タイニードラゴン）は小さく可愛らしいが、それでもドラゴンである以上は、並の魔獣をはるかに超える力を有しているのだ。見た目に騙（だま）されると、あっさりと殺されかねない凶悪な魔獣である。

そんなものを人間相手の使者にする者など、いるはずない。

そもそも、従魔にできる人間がほとんどおらず、ある意味ではグリフォン以上に貴重だった。

「まあ、お前はこれから長い付き合いになるだろうからな、すぐに慣れるだろう。この可憐小竜（タイニードラゴン）と仲良くしろよ」

「え？　は？」

ギルドマスターは思わせぶりな台詞を口にすると、引き攣った笑みを浮かべた。

その顔色は病人かと思うほどに悪く、土色になっている。

「これを読んでくれ」

ギルドマスターは、三通の手紙を差し出した。

冒険者ギルドの正式な書状に使われる封筒に入って、ギルドの封蝋がされている。三通のうち、二通は開封済みだった。

「失礼します」

ビビアナは軽く礼をすると、それを受け取る。

宛先を確認すると、二通はギルドマスター宛、未開封の一通はビビアナ宛になっていた。送り主は書いていない。

小首を傾げながら、とりあえず、ビビアナは開封済みのものから読み始めた。

まず一通目。読み進めるにつれて、ビビアナの眉間に深い皺が刻まれていった。

「……これ、本当ですか？」

「嘘ついても仕方ないだろう。オレはペルデュ王国本部に栄転だ！　そんでもって、次のギルドマスターはお前だよ!!」

ギルドマスターは力ない笑みを浮かべながら、叫んだ。

自暴自棄、そういった雰囲気である。

その態度から、「栄転」が額面通りのものではないのが分かる。王国本部に呼び寄せられ、出世の機会を奪われたまま飼い殺し……つまりは栄転と見せかけた左遷なのだろう。

ギルドマスターという立場上、罪を犯したわけでもないのに露骨に左遷すると問題があるため、栄転に見えるように工作されているに過ぎない。

彼はロアとロアが所属していた勇者パーティー、その従魔と望郷までも自分たちに都合の良いように動かそうとした。しかしその思惑が外れて、崖っぷちに立たされていた。今回の辞令でそのツケを払う羽目になり、閑職(かんしょく)という崖下に突き落とされてしまったのだ。

次のギルドマスターに指名されたビビアナの方も、渋い顔をしていた。すでに受付主任という立場にあるビビアナにとっても、重過ぎる地位だ。

「無理です！」

「覆(くつがえ)すのは不可能だぞ。無理だと思うんなら、辞めるしかない」

「そんなはずありません。出世するかどうかは、選択できるはずです！」

「無理な場合があるんだよ」

「きゅい！」

ビビアナの叫びに反応したのか、可憐小竜(タイニードラゴン)が楽しそうに声を上げた。

ビビアナの言う通り、本来であれば出世するかどうかはギルド職員当人が選択できる。ただ、一度断ると、その後の出世が難しくなるという事情があって、よほど向上心がない人間以外は打診されたら素直に出世を選ぶのだが。

ビビアナは、責任を全てギルドマスターに押し付けて、その陰で好き勝手やれる今の状況を好んでいた。

ギルドマスターとしての責任を負うなどごめんだ。

だが、そういった取り決めを無視して、断ることができない指示だとギルドマスターは言う。

「……こいつが運んできた時点で、選択肢はないんだ。この可憐小竜（タイニードラゴン）は、黒幕（フィクサー）からのメッセンジャーだ。お前も聞いたことあるよな？」

「実在してたんですか!?」

ビビアナの驚きの声に、ギルドマスターは大きな頷きで答えた。

黒幕（フィクサー）。

それは噂だけの存在だ。冒険者ギルドの職員の中でも存在を疑われている。

冒険者ギルドは各国の首都に本部を置き、それぞれが、所属している国の上層部と連携して全体の方針を決めている。さらに、全世界の冒険者ギルドで方針を揃えないといけない場合は、各国のギルド本部で連絡を取り合って決めるのである。

時間はかかるが、冒険者は国に入り込んでいる大きな戦力だ。全てを合わせれば国であっても対抗できないほどの武力となる。

そのため、あえて司令塔となる存在を置かず、各国に権力を分散させて、連携を取り合う制度になっているのだった。

……しかしそれはあくまで建前だ。

組織である以上、本当の意味の頂点が存在していると考えるのが普通だろう。

存在を曖昧にし、隠されている、冒険者ギルドの本当の頂点。どの国の冒険者ギルドも、その決断には逆らうことができない。

そういう人物がいるという噂があるのだった。

その噂されている影のトップこそが『黒幕』だった。

存在が噂通りなら、ビビアナに拒否権はないのだろう。

そして、外部に黒幕の実在を漏らせば、命すら危うい。

「というわけで、次のギルドマスターはお前だ。嫌なら辞めろ。オレはどうでもいい」

無責任に言い放つギルドマスターを、ビビアナは睨みつけた。

不満はあるが、これ以上ギルドマスターに何を言っても、彼にはどうすることもできない。決定権は彼にはないのだ。仕方なしに、ビビアナは次の手紙を開く。

「……今回の私たちの人事の原因は、これですか？」

「…………だろうなぁ。どういう思惑があってのことかは分からないが、一緒に送られて来たんだ、無関係じゃないだろ。オレは領主に言われてやっただけなのに……」

その手紙は、ロアという万能職について書かれていた。

今回のことは大目に見てやる。今後一切、手を出すな。冒険者ギルドが冒険者に行う仕事だけを事務的に行え。

要約すると、そういう意味のことが書かれていた。

これを読む限り、ギルドマスターの左遷は、万能職の少年を城塞迷宮（シタデルダンジョン）に送り込んだことが原因だろう。

確かに、あれは露骨に万能職（ロア）の少年を処理する目的が分かる行動だった。

しかし、なぜ、黒幕（フィクサー）があの少年を気にするのかが分からなかった。グリフォンを従えているとはいえ、所詮は万能職なのだ。

それに、ギルドマスターが左遷なのに、自分がどうして昇格なのかが分からない。

ギルドマスターが処分されるなら、それを手伝っていた自分も巻き添えで降格されるのが普通だろう。

そこまでは情報を掴んでいないということだろうか？

ギルドマスターを左遷して、空いた椅子に、この冒険者ギルドの職員の中で一番上の立場の人間を据えただけ？

そこまで考え、ビビアナは、自分が独自にやった行動まではバレていなそうだと思って胸を撫で下ろした。ギルドマスターに昇格するのも嫌だが、裏でやっていたことがバレて処分されるよりはいい。

この世界では人の命は軽い。ビビアナ自身もかなりの数の冒険者の命を陰で使い捨てにしている。自分の命だけが重く扱われるということはないだろう。

「これを読むと、黒幕はあの万能職が無事帰ってくると考えているようですね」

「さあな？　どうでもいい……」

ギルドマスターはもう、思考することすら放棄しているようだ。

ビビアナは、まだ疑問が残るもののそれを後回しにして、最後に未開封の自分宛ての手紙を開いた。

「……」

「何が書いてあったんだ？　お前、オレに隠れて何かやったんだろ!?　これ以上オレを巻き込まないでくれ！」

ギルドマスターの悲痛な叫びが響いた。

机に突っ伏し、頭を抱える。

ビビアナは無言で固まっていた。

その顔は、青白く変わっていく。

「……」

ビビアナの口は叫びを上げるように大きく開かれているが、その叫びは漏れることはなかった。あまりの驚きに、息をするのも忘れているようだった。

その手紙には、万能職の少年からグリフォンを取り上げるのは無理だから諦めろ。お前なんかの手に負える相手ではない。今回の冒険者ギルドの倒壊は、ビビアナがグリフォンにちょっかいを掛けたことが原因だ。

その責任を取って、ギルドマスターになって、冒険者ギルドのために身を粉（こ）にして働け。逃げれば犯罪者として処分する。

そういった内容が、長々とした丁寧な文章で書かれていた。

ギルドマスターへの昇格は、処罰だった。実質的には逃亡不可能な強制労働だったのである。

ビビアナの行動は全てバレていたのだった……。

ビビアナが最も嫌い、最も社会に貢献できる仕事を与えたということなのだろう。

「キュイ！」

可憐小竜（タイニードラゴン）が、その場の重い空気を気にせず楽しげに鳴く。

このドラゴンはいつまでここに居座るつもりなのだろう？

ビビアナは黒幕（フィクサー）への恨みを込めて、その従魔である可憐小竜（タイニードラゴン）を睨みつけるのだった。

城塞迷宮（シタデルダンジョン）の平原地帯では、騎士と兵士たちが複雑な表情を浮かべながらも動き回っていた。

皆、口数は少なく重い雰囲気を纏っている。

理解できない状況に、何を話していいのか分からないようだ。

不死者（アンデッド）との突然の戦闘による混乱もあるが、何よりロアたちの非常識な不死者（アンデッド）との戦いが理解しきれていないようだった。

不死者（アンデッド）と、それを害虫のように薬で駆除してしまったロアたち。

常識的な戦闘経験しかない者たちほど、その混乱は大きかった。

戦いが終息した後に、ロアは聖水については本当のことは告げず、特製の治癒魔法薬だという嘘の説明をした。その効果を目にしたおかげで、調査団の皆がそれを信じた。

今も聖水は、急ごしらえされた陣地の真ん中で、鍋に入れられグラグラと煮えている。

先ほどのように濃密な蒸気は上げていないが、それでも不死者（アンデッド）を近づけない程度の効果はあった。

だが、その効果を信じるのと、あの状況を理解するのとはまったく別の問題だ。

釈然（しゃくぜん）としないものを抱えながら、誰しもが作業に没頭（ぼっとう）することで心の中のモヤモヤを消し去ろうとしているのだった。

「まあ、とりあえず、休憩がてら、軽い食事にしましょうか！」

そう言い出したのは一人元気なロアである。

調査団全員が今後どうするべきか分からずに混乱している中、一人で臨時の竈（かまど）を作り、一人で全員分の食事を作ってしまった。

簡単な具だくさんのスープだが、その早業には呆れるしかない。

作ったのは野菜と牛乳を使った冷製スープだ。青い魔狼の魔法で、しっかりと冷やしてある。

使った鍋は、特製の治癒魔法薬という触れ込みの、聖水を先ほどまで入れていた大鍋である。それを見た時に騎士も兵士も複雑な表情を浮かべた。

「戦ってお腹が空いたでしょうし、お腹が空いていると悪い方向に考えがちですからね！　オヤツだと思って食べてください。冷たくしてありますから、気分がすっきりしますよ」

ロアはそう言って、木の椀（わん）に入れたスープを配っていく。

全員に配り終えたところで、自らもスープを飲み始めた。

ちょっと言い訳が苦しかったかな？　と、ロア自身も思う。

ハッキリ言って、スープを配るにしてはおかしなタイミングだ。しかし、ロアは城塞迷宮（シタデルダンジョン）周辺に入ってすぐに、このスープを飲ませたかった。

このスープは、ロアがこの時のために前々から計画していたものだった。全員を生きて帰らせるために必要だったのだ。

その名も『即死回避の魔法薬入り、ロア特製冷製スープ』だ。

この旅に出る前に、グリおじさんから、城塞迷宮（シタデルダンジョン）には即死魔法を使う魔術師死霊（リッチ）が出ると聞いていたため、考え出したものだった。

魔術師死霊（リッチ）の即死魔法は、悪ければ本当に即死する。

ただ、かける側とかけられる側との能力差に大きく左右され、よほどかけられる対象が弱いか、恐怖や不安で心が弱っていない限りは成功しない。

しかし、初めて魔術師死霊（リッチ）と対峙すると、その外見や使う魔法の恐ろしさから、簡単に心が折れてしまう者が多い。不死者（アンデッド）にあまり接したことがない者たちほど簡単にかかる、文字通り初心者殺しの魔法だった。

それを回避してくれるのが、即死回避の魔法薬だ。

ただ、いくらロアが死なないために必要だと言ったところで、調査団の全員が素直に飲んでくれるとは限らない。

何せこの魔法薬はまだ販売もされておらず、コラルド商会の関係者以外には知られていないものだからだ。勧めたところで警戒して飲まない者も多いだろう。

それにロアはタダで配るつもりだったため、余計に警戒されるかもしれない。

その対策として考えたのが今回のスープだった。

スープにしてしまえば、意識させず飲ませることができるだろうと考えたのだ。騙し討ちのようなものだが、安全には代えられない。

ロアは、このスープを執拗なまでに拘って開発した。

最初は冷やした水やお茶に混ぜようとしたが、即死回避の魔法薬は少し苦みと酸味があるのだ。すぐに何が異物が混ざっていると気付かれてしまう。しかし、味が感じられないほどに薄めてしまっては効果がない。

だからこそ色々な味が混ざり合って味が隠せる、具だくさんのスープを選んだ。

さらに、普通のスープだと熱を加えるため、魔法薬を最後に入れてもすぐに変質してしまう。冷たいスープにするしかなかった。

使う材料によっては効果が弱まったり、歪んでしまったりすることもある。スープに入れて美味しい肉類とはなぜか相性が悪く、野菜も種類によっては効果を打ち消してしまう。

材料選びも実験しながら慎重に進めた。

様々な問題点を全て克服して、さらに美味しいこの『即死回避の魔法薬入り、ロア特製冷製スープ』は、ロアの苦労の集大成と言ってもいい。

効果の持続時間は約三日。

ロアが最初に作った時は八時間ほどだったが、材料となる身代わり草を聖水で育てたり、作り方を変えたりした結果、ここまで延びている。

とにかくロアは、同行する調査団が即死魔法で壊滅するという最悪な未来を回避するために、何としても城塞迷宮の領域に入った直後に、この特製スープを全員に飲ませたかったのだった。

「お代わりもありますから、好きなだけ飲んでくださいね」

自分の思惑通りに飲み始めてくれたのを見ながら、ロアは安堵の息を吐いた。

ちなみに、高位魔獣故にまったく飲む必要がないと思われるグリおじさんと双子も、調査団の輪から少し離れた位置で美味しそうに飲んでいる。

野菜ばかりのスープだが、牛乳を入れたことで、自称野菜嫌いのグリおじさんも気に入ったらしい。

兵士たちはスープを飲んで腹が満たされたことで落ち着いたのか、絶望的だった動く骸骨との戦いの衝撃と、意味が分からないまま動く骸骨(スケルトン)が駆除された混乱から、やっと立ち直ってきていた。

ところどころで笑顔も見え始める。

そんな状態になったところで。

「こんなもの!!」

何かが落ちる音と共にバシャッと、液体が撒かれる音が響いた。

目を向けると、地面に木の椀が転がり、スープが染みを作っていた。

「下賤な冒険者が作ったものなど、わたくしは食べられません！　バカにしているわ!!」

甲高(かんだか)い声が響き渡る。

和やかになりかけていた空気は、一気に冷たいものに変わった。

声を上げたのはアイリーンだ。

ロアがスープを配った時は呆然としていて何も言わずに受け取った癖に、空気が変わったところで復活したらしい。スープの入った木の椀を地面に叩きつけ、真っ赤な顔で叫んでいた。

瑠璃唐草(ネモフィラ)騎士団の女騎士たちも、アイリーンが口をつけていなかったためまだ飲んでいない。

「神聖(しんせい)な戦場を、栄光の戦いを、あのような不気味な薬で汚(けが)したくせに！　呑気にスープなどと！

皆もなぜこんなものが飲めるのですか!!」

アイリーンは悲鳴のような甲高い声で、理不尽な怒りの言葉を並べ立てた。

〈うむ。サクッと殺すか〉

「ちょっと！　グリおじさん!!」

その瞬間に、一気に怒りに達した者が一匹いる。

グリおじさんはアイリーンに冷たい視線を向け、全身の羽毛と獣毛を逆立てて威圧しながら近づいた。

「ひぃ!!」

グリおじさんが撒き散らす死の気配に、当事者のアイリーンだけでなく、ほとんどの兵士や騎士が身をすくませた。

〈ちょっと面白いからと目をかけていたら増長しおって。小僧と従魔契約してから使える魔法の属性が増えたからな。試したい新作魔法は色々とあるぞ。水と土の複合魔法の『濁流』などどうだ？　土砂を含んだ水流で敵を鑢で削るようにすり潰していく魔法だ。フフフフフフ〉

「グリおじさん！　ダメだから！」

近づくグリおじさんに駆け寄り、ロアは全身を使って止めようとする。だが、グリおじさんはロアのことなど気付かないかのように、アイリーンを睨みつけながら歩みを止めない。

〈食べ物を粗末にしたのだから、胃の腑に煮えた油を注ぎ込み、内から焼くのも良いな。火の魔法で加熱した油を、流体操作で溢すことなく口から注ぎ込むのだ。食のありがたみを思い知ることだろう！　自らの喉を通って立ち上る、肉が焼ける香ばしい匂いに溺れながら後悔するがいい〉

「怖いって、本当に怖いから！　なんでスープぐらいでそこまで怒ってるの!?」

グリおじさんの『声』はロアにしか聞こえない。

不穏過ぎるその発言はロアしか理解していないが、目の前にいるグリフォンが怒り狂っているのは誰にでも理解できた。

すぐにでも叫びを上げて逃げ出したいのだが、動けば自分が殺されると、この場にいる全ての人間が身動き一つできなかった。すでに腰が抜け、立ち上がれない者も出ている。

ロアはグリおじさんの身体を抱え込み、片手で撫でてなだめた。

「落ち着いてって!!」

それでもなかなかグリおじさんの怒りは収まらず、ついには身体の周囲に小さな雷の光の帯が舞い始める。周囲の草が焼け、煙の臭いが鼻を突いた。

だが、雷撃(らいげき)はロアの身体を器用に避けており、彼を傷つけることはなかった。

周囲の人間たちが怯えて身をすくませる中、双子の魔狼だけは冷めた目でグリおじさんを見つめていた。

〈む!? いや、双子よ。大人げないなどとは……小僧の好意を無にしたのだぞ? 相応の報(むく)いを受けるべきであろう? そもそもこやつらは無礼過ぎるのだ。身の程を教えてやらねばならぬ〉

双子に何かを言われたのか、ロアの言葉にも耳を貸さなかったグリおじさんが反応を示した。

双子もそれなりにグリおじさんを止めようとしているらしい。ロアはそれを好機と受け取って、グリおじさんの嘴をむんずと掴んだ。

そこまでしてやっと、グリおじさんはアイリーンを睨むことをやめて、ロアのことを見たのだった。

「グリおじさん、ちょっと、こっちに来て。すみません！　向こうでなだめてきますね！　スープ、飲んじゃってくださいね！」

そう言って、嘴を掴んだまま歩き始める。

グリおじさんは双子にたしなめられ、ロアに嘴を掴まれて、仕方がなしに従って歩き始めるのだった。

ロアとグリおじさんが立ち去ると、何とも言えない微妙な空気が流れた。

「……なんなのよ!!　わたくしのものでしょう！　どうして逆らうのよ!!」

アイリーンは溢したスープの木の椀を蹴り飛ばす。

そして、自分の馬車へと怒りながら戻っていった。

瑠璃唐草騎士団（ネモフィラ）の女騎士たちもそれに従うように、スープには手を付けずに横に置き、アイリーンに付いていった。

残された者たちは恐怖で食欲は失せ、手がガクガクと震えていたが、それでもスープに口をつける。

スープを粗末にするとまたグリおじさんが怒り出す。

一滴でも残すと殺される。

誰もがそう考え、我先に飲み始めた。

恐怖で味も分からなくなっているというのに、鍋の中に残っていた分も、女騎士たちが置いていった分も分配して、しっかりと腹に収めたのだった。

そんな異様な空気を背中に感じながら、ロアはグリおじさんの嘴を掴んだままその場を離れた。

調査団とロアたち、お互いを視認できるが、話し声は聞こえない程度の場所だ。

「グリおじさん。落ち着いて」

〈我を叱るつもりではないだろうな？　どう考えても悪いのはあの女だぞ？〉

グリおじさんはロアを睨みつける。

よほどアイリーンの態度が腹に据えかねたようだ。

しかし、その視線に臆することなく、ロアはグリおじさんの目を真っ直ぐに見つめた。

そしてロアは、優しくグリおじさんの首に抱きついた。

〈ん？〉

ロアが叱ってくるものとばかり思っていたグリおじさんは、予想外の行動に微妙な表情を浮かべる。

「オレのために怒ってくれたんだよね。ありがとう」

〈……〉

優しく頬を撫でてくるロアに、グリおじさんの、怒りに逆立っていた羽毛と獣毛は収まっていく。

「殺そうとするのはどうかと思うけど、気持ちは嬉しいから」

ロアであっても、グリおじさんに人間を絶対に殺すなとは言えない。

いくら人間臭い部分が多いとはいえ、グリおじさんも魔獣なのだ。同じ魔獣を殺させておいて、人間はロアの同族だからその爪を向けるな、とは言えるはずがなかった。

それに明確な悪人……盗賊などの盗みや殺人を犯した人間の討伐なら、ロア自身も暁の光にいた時代に、何度かギルドからの依頼として受けていた。

ロアも幾度となく人間同士で殺し合う現場を目にし、それは仕方がないことだと思っていた。今でこそこの国は戦争のない国だが、それでも戦争はなくなっていないし、殺し合うような争いもなくなっていない。

人の命が軽い世界なのだ。

「でも、できるだけ、抑えてね」

それでもなお、ロアはグリおじさんに殺人はあまりして欲しくなかった。

「オレだって、自分が背負わないといけないことは、自分で背負えるからね」

その言葉の意味をどう受け取ったのか、グリおじさんはそっと目を逸らした。

〈……別に小僧のために怒ったわけではない。食べ物を粗末にするあの女が許せなかっただけだ。我は魔獣だぞ。食らうことと戦うことを生きがいにしている。妙な勘違いをするな〉

その表情は、どこか寂しそうだった。

「ありがとう」

〈……だから、小僧のためではないと！　くそ、それよりもだな。先ほどから嫌なやつらが近づいてきておるぞ〉

　気恥ずかしさからか、グリおじさんは露骨に話題を変えた。

「嫌なやつら？」

〈空から来るのは人面禿鷹（ハーピー）だ。あやつらは巣の外壁に住み着いて、糞（ふん）をばら撒いて巣を見苦しくするからな、ここでも嫌われておる。人の顔をしておる癖に、知能のかけらもない連中だぞ。おおよそ餌を見つけて、意地汚く近寄ってきているのであろう〉

「それって、まずいんじゃ……」

　魔獣である人面禿鷹（ハーピー）の餌。

　それが指しているのは人間で、この付近にいる人間といえば、ロアたち調査団である。

〈やつらは弱い者イジメしかしないからな。我が近くにいる限り問題ないだろう〉

　グリおじさんは空に目をやり、ロアもつられて空を見上げた。

　はじめは何も見えなかったが、しばらくすると小さく鳥のようなものが見え始めた。

　黒く禍々しい翼。

　禿鷹（はげたか）の肉体と人間の頭を持つ魔獣、人面禿鷹（ハーピー）だ。

　一羽だけだが遠目でこちらを窺っているのか、大きく円を描いて飛びながら、少しずつ近づいてきていた。

〈む。手負いか。厄介だな〉

グリおじさんが小さく呟いた。

〈何かを襲おうとして反撃されたのだろうな。ケガをしておるな。手負いは荒ぶっておるから、我がいても襲ってくるかもしれんな〉

グリおじさんの呟きが予言だったように、人面禿鷹（ハーピー）はロアたちとの距離を詰めてきた。

そして大きく旋回した後に、真っ直ぐに向かってくる。

「危ない！」

人面禿鷹（ハーピー）が向かう先は、ロアたちから少しだけ離れている調査団のところだ。

グリおじさんの近くのロアよりも狙いやすいと思ったのか、それとも数がたくさんある方を狙っただけなのか。

騎士も兵士もまだ気付いている様子はなく、ロアが叫んでも不思議そうにこっちを見るだけだった。

ただ、双子の魔狼だけが、視線を人面禿鷹（ハーピー）へと向けていた。双子は空飛ぶ敵が下まで降りたところで、飛び掛かるつもりなのだろう。少し身を屈（かが）めてすぐに動ける体勢をとっている。

双子に、空を飛ぶ者に対しての攻撃手段はない。待ちかまえて飛び掛かるしかない。しかし、飛ぶというよりは落下しているような急降下の速度に、対応しきれるかは分からない。

「グリおじさん！」

ロアは攻撃を促すために声を掛ける。

ここにいる中で、確実な攻撃手段を持っているのはグリおじさんだけだ。

空を飛ぶ魔獣というのは、飛ぶというだけで厄介なものだ。脆弱（ぜいじゃく）な魔獣でもそれだけで脅威となる。普通の人間は、たとえ魔法を使ったとしても翻弄されるしかない。

〈すでに攻撃の準備をしている者がいる。安心せよ〉

「え？」

ロアは周囲を見渡すが、調査団に動きはなかった。

〈嫌なやつらと言ったであろう？〉

空から来たのは一羽。「やつら」とは言えない。それに、空から来るのは、とわざわざ人面禿鷹（ハーピー）が来る場所を示していた。それは空以外から来る者もいるということなのだろう。

それも、グリおじさんにとって嫌なやつらが。

ロアがグリおじさんの発言に戸惑っている間も、人面禿鷹（ハーピー）は降下してくる。

そこに、横から飛来するものがあった。

「槍？」

距離があったことと風切り音で、ロアにも飛んでくるものが確認できた。

何者かの投てき槍だ。

〈この距離を狙うとなると、口うるさい女の身体強化だな〉

「え？　コルネリア⁉」

槍は降下している人面禿鷹へと一直線に向かう。

人面禿鷹は槍が到達する寸前にその存在に気付いたが、避けきれずに翼にかすった。避けるために大きく翼を広げたことで降下は止まり、一瞬だが、空中で人面禿鷹は硬直した。

直後に、一条の雷撃が飛んだ。

〈距離も精度も上がっておるな。我の指導のおかげだな！〉

その雷撃を見ながら、グリおじさんは胸を張る。

雷撃は空中で硬直している人面禿鷹に直撃。人面禿鷹は身体から白い煙を上げて落下した。

ロアはその雷撃が発射された場所に目を向ける。

そこには、まだ遠く小さいながらも、記憶にある複数の人影があった。

ロアは呆然としながらも、その表情は喜びに満ちていた。

人面禿鷹を倒したのは望郷のメンバーたちだった。まだ顔が確認できる距離ではないが、見慣れた風体をロアが見間違えるはずがない。

投てき槍はコルネリア、雷撃を打ったのはベルンハルトだ。

ロアはコルネリアが槍を使っている姿を見たことはなかったが、降下する人面禿鷹に一撃で当てたのだからかなりの腕前だろう。身体強化を使っているとしても、あの遠距離は神業だ。

また時間のある時に槍の扱いも教えてもらおうと、ロアは心に決めた。

「よう！　元気だったか？」

しばらく待つと、馬車に乗った望郷が近づいてきた。

調査団の者たちは近づいてくる望郷を警戒していたが、落下していった人面禿鷹（ハーピー）を見ているため、何が起こったかは理解している。

命を救われたおかげで、不用意に敵対するようなことを言ったりはしない。

何より、お互いに手を振りながらロアたちの下へと向かっていることから、冒険者同士の知り合いだとすぐに気付くことができた。

「無事だったんですね!?　良かった！」

ディートリヒに声を掛けられたロアの第一声はそれだった。

ディートリヒは元気そうだが顔に殴られたような傷があるのを見て、ロアの中で会えた嬉しさより心配の方が勝（まさ）ったのだ。

危険な状況を潜（くぐ）り抜けてきたのだろうと、勝手な想像を巡らした。

ロアはこの旅の道中、平然としているように見えて、巻き込むことになった望郷や、同行している調査団のことを常に心配していたのだ。

望郷のメンバーたちの無事な顔を見たことで、本心が出てしまうのは仕方がない。

〈魔法式の改善は進んでいるようだな〉

「は、はい！　グリおじさん様!!　ご指導いただいたおかげで、精度も効率も増しております。その経験を生かして、他の者共の魔法の改善も進めております！」

ベルンハルトはロアとは軽く目礼を交わしただけで、グリおじさんへと駆け寄ってその前に膝をついた。

まるで臣下といった雰囲気だ。尊敬を最大限に表しているのだろう。

遠巻きにしていた調査団の兵士たちは、いきなりグリおじさんに膝をついて話し始めたベルンハルトに、異様なものを見る目を向けていた。

「ここは良い実験場ですね、標的が尽きることがありません！　先ほどの人面禿鷹も一度取り逃しましたが、それによって正確な狙いの定め方が理解できました。動き回っていない限り、空の魔物でも撃ち落とせるでしょう！　もちろん、安全に実験できるのはロアのおかげだと、重々承知しております！　この先は必ず、この大恩に報いる働きをさせていただく所存です！」

〈そうであろう！　小僧のおかげだからな！　感謝するがいい!!〉

「それと、私めにも、どうやら治癒魔法の才があることが判明しまして！　あの素晴らしい魔道具の波動を浴び続けたことで、私の矮小な肉体にも同じ資質が存在することに気が付いたのです！　これもロアとグリおじさん様のおかげです！　まだ魔法としての形は成していませんが、必ずものにしてみせます！」

〈そうか！　それは素晴らしいな！　小僧にもちゃんと感謝の言葉を伝えるのだぞ!!〉

グリおじさんは自分に向けられるものより、ロアに対しての感謝の方が嬉しいらしく、念を押した。

グリおじさんに、先ほどまでの不機嫌な雰囲気はもうない。ベルンハルトのおかげで上機嫌だ。

「あの……またベルンハルトの雰囲気が変わってませんか？」

そんなベルンハルトとグリおじさんのやり取りを見て、ロアがポツリと漏らす。

それに答えたのはコルネリアだ。コルネリアは再会の挨拶にロアを軽く抱きしめてから、複雑な表情を浮かべた。

「ここに来て魔獣と戦ったことで、魔法の能力が成長してるのを実感したみたいでね。グリおじさんに一生ついていこうと、改めて思ったらしいのよ。あれ、もう、尊敬じゃなくて、信仰だよね……」

「信仰ですか……」

信仰と聞いて、ロアはこの旅の途中で立ち寄った宿場町のことを思い出した。

以前にグリおじさんに救われ、木彫りのグリフォン像を信仰していたのである。珍しくグリおじさんを恐れない人々と、盛大な宴会をした時のことを思い出して、ロアは頬を緩めた。

「急にニヤつきやがって。そんなにコルネリアの抱擁が気持ち良かったのかよ？　とうとう、色気付いたのか？」

「へ？　あ、いや、そういうのじゃなくて！」

コルネリアに抱きしめられた後で、嬉しそうな表情を浮かべているロアを見て、勘違いしたのだろう。

いやらしい笑みを浮かべながら、ディートリヒがロアの肩を抱いた。

「そういうことに興味が出てきたのなら、今度オレがいいところに……」

「変なこと教えようとするな！」

ディートリヒが怪しい手つきで、空中の見えない何かを揉む手つきをしようとした瞬間に、コルネリアの蹴りがディートリヒの背中に突き刺さる。

油断していたディートリヒは見事に蹴り飛ばされ、地面に転がった。

馬車を適当な場所に繋ぎに行っていたクリストフが、近づいてきた。

「何だ、面白いことでもあったのか？」

クリストフも少し顔にケガをしているが、元気そうだ。

こうして、ロアたちと望郷は合流を果たし、笑顔でお互いの旅での出来事を話し始めるのだった。

……土に塗れた姿で、背中を押さえ込んでうずくまっているディートリヒを放置して。

「すまない。ちょっといいだろうか？」

ロアと望郷が話している横から声を掛けてきたのは、瑠璃唐草騎士団以外では一番地位の高いジョエルだった。

望郷を警戒してか、二人の男騎士を従えている。

「すまない。知り合いに会えた嬉しさから、そちらへの挨拶を忘れていた。我々はネレウス王国の冒険者で『望郷』という。修業のためにアマダン伯領で世話になっている。今回は故あって、母国からの依頼で、城塞迷宮（シタデルダンジョン）を目指すことになった。よろしく頼む」

声を掛けてきたジョエルに、ディートリヒはしっかりとした態度で対応した。

背中を蹴られてうずくまっていたことなど嘘のような、切り替えの早さだ。

「これはご丁寧に。私はアマダン伯家に仕える騎士で、ジョエルだ。この調査団のまとめ役のようなことをやっている。それで、ロア殿の知り合いということでいいのかな？　あちらのちょっと変わった御仁（ごじん）も含めて」

あちらのちょっと変わった御仁とは、ベルンハルトのことだ。

ベルンハルトは一人、グリおじさんと途切れなく話し合っていた。

ただ、グリおじさんの声は他の者たちには聞こえないため、グリフォンの前で一人礼を取って話している、頭のおかしな人間に見える。

ジョエルの一言多い癖が出てしまったのだが、ディートリヒは嫌な顔一つしない。

「まあ、あれはほっといてくれ。ちょっと病気なんだ」

あっさりと、肯定する。

本来は、グリおじさんと会話できることがバレるとマズいため、あのように堂々と会話をしていれば止めないといけない。しかし、どれだけ言ってもベルンハルトは止められなかった。ディートリヒだけではなく、コルネリアすら諦めている。

止めることでバレる危険を考えれば、変人だと思われる方が楽だったのだ。

あの様子を見ていれば、ベルンハルトの妄想だと思われる可能性が高い。

「ロアとの関係だが、国も違うしパーティーメンバーでもないが、仲間だ」

まるで牽制(けんせい)するかのように、ディートリヒは「仲間」を強調して言い放つ。

そして得意げな顔で歯を見せて笑った。表情は穏やかだが、威嚇(いかく)しているようだ。

「そ、そうですか。我々も命を助けてもらった恩もあり、ロア殿のことは仲間と思っております」

ディートリヒの言葉に、ジョエルも「仲間」と強調してから笑みを返した。

「ほお……仲間ね……」

ディートリヒの目つきが変わった。

それは獲物を見つけた時のような、力量を測る時の目つきだ。

「どうかされましたか？」

「……」

ジョエルはその変化に不穏なものを感じるが、騎士としての矜持(プライド)もあり、ディートリヒの視線を真っ直ぐに受けて立つ。

「……何か……」

「……仲間と言いながら利用するだけの質(たち)の悪いやつが、最近増えてるらしいからなぁ」

ディートリヒはわざとらしく呟く。ロアを利用する者は許さない。そういう意味を含んだ牽制だ。

「はぁ!?　我々はそのようなつもりは！」

ディートリヒの言葉に、ジョエルは反論しようとする。だが、どうしても上手く説明できなかった。

説明しようとしたが、考えれば考えるほど、調査団全体でロアに依存して旅をしているような現状だと思い知ってしまったのだ。

ロアがいなければ、城塞迷宮(シタデルダンジョン)どころかウサギの襲撃の時点で調査団は壊滅し、生き残っていても逃げ帰るしかなかっただろう。何より、会議でのアイリーンとのやり取りがある。

ロアと従魔を利用して先に進むことを決めたのも、記憶に新しい。

そしてまた、ディートリヒの側も自分の発言が、グリおじさんに初めて会った時に、自分たちが言われた言葉と同じような内容だということに、言ってから気が付いた。

今のディートリヒとジョエルの立ち位置は、あの時のグリおじさんとディートリヒとまったく同じだ。

あの時のグリおじさんの気持ちを、今更ながらディートリヒは思い知った。

ふとグリおじさんの方に目をやると、お前が言うなとでも言いたげな、冷めた目でこちらを見ていたため、舌打ちをして目を逸らす。

「それは、まあ、今はいい。合流できた以上は、オレたちは分かれて行動する気はない。同行を認めてもらえるか？」

「……」

ジョエルは答えない。いや、答えられない。

「先ほど人面禿鷹（ハーピー）からあんたたちを助けたのは、オレたちだ。それは分かってるよな？　だったら敵対する気がないのも分かるだろ？　オレたちはロアと一緒に行動したいだけだ。あんたたちの手を煩（わずら）わせるつもりはないし、危険が迫れば手助けもするつもりだ。どうだ？」

さらにディートリヒは言葉を重ねる。

しかし、ジョエルは難しそうに、渋い表情を作ったのだった。

「それは……命を救われた身ゆえ、認めたいところなのだが……私にそれを認める権利はないのだ」

「なら誰に言えばいい？　代表者と交渉させてもらおう」

「それが……」

ジョエルは口ごもる。

彼はほとんどこの調査団のまとめ役のようなことをやっているが、実際の長はアイリーンだ。

しかし、彼女は先ほどグリおじさんに怯えさせられた所為で、馬車に籠ってしまった。

ジョエルが望郷のメンバーたちが近づいてくるのに気付いた後、顔を合わせに来るのが遅かったのも、団長であるアイリーンに対応の相談をしようとしていたからだった。

だが、アイリーンは声を掛けても出てこず、瑠璃唐草騎士団も彼女の指示なしでは決断できなかったために、仕方なしに、ジョエルは自分の判断で挨拶することにしたのだ。

「どうせ、一介の冒険者風情なんかとは関わりたくないとかだろ？　なら、こっちも勝手にさせてもらう。偶然進む方向が同じだけという関係でいいな？　お互いに不干渉だ。敵対も、協力もしない。商隊なんかでよくある関係だ」

「はあ、それならかまわぬが……」

商人たちが交易品を積んで旅をする商隊では、同じ方向に向かう者たちが隊列を組んで一緒に旅をすることがよくある。

それはあくまで魔獣や盗賊などに狙われる危険を減らすためで、一緒に行動していても深く関わらないことが多かった。

乗合馬車などで、一緒の馬車で旅をしているのに、まったくの他人の関係を貫くのと同じようなものだ。利点は共有するが、何かあればあっさりと見捨てる。

ディートリヒの提案はそういった、割り切った関係でいようというものだった。

ジョエルが渋々ながらそれを認めると、もう話はないとばかりに、ディートリヒは彼の下を離れた。

ジョエルはもう少し情報交換のため話し合いをしたかったが、ディートリヒの態度に取り付く島もなく諦めたのだった。

「ロアは、相変わらずね」

無言で二人の様子を眺めていたコルネリアが呟く。

彼女自身も、調査団とあまり深く関わらない方が良いと思っていたため、この決定は歓迎だった。どう見ても弱そうな調査団の兵士と騎士は、足手まといにしかならないだろう。

何より、深く関わって、こちらの色々な隠し事を感づかれてもいけない。

「何がですか？」

ロアは首を傾げる。今のディートリヒとジョエルのやり取りで、相変わらずと言われるようなものは、ロアには思い当たらない。

「相変わらず、ロアに近寄ってくるのはオジさんばかりだなと思って」

言われて、望郷のメンバーが知っている自分の知り合いのことを考えた。

彼の雇い主のコラルドは間違いなくオジさんだ。

その部下で、ロアが仲良くしている職人なども、オジさんが多い。御者や護衛の人たちも、コラルドが信用している者しか近づけないため、長く勤めているオジさんばかりだ。

それに鍛冶屋のブルーノもオジさんだ。

彼の弟子たちのほとんどは少女だが、あまり親しくはしていなかった。

オマケにグリおじさんだ。

「そう言われれば、望郷の人たちも含めてオジさんばかりですね」

「待ってくれ！　オレもオジさん扱いか!!」

ロアは納得してコルネリアに言葉を返したのだが、それに異を唱えたのはディートリヒだった。

ジョエルと対峙していた時とは比べ物にならない、情けない表情でロアに縋りつく。

「ロアから見たら、ディートリヒも、ベルンハルトもクリストフもオジさんよね。倍近く年が離れてるんだから」

「倍だったら余裕で三十歳超えてることになるだろ！　まだオレは三十手前だ！　十歳ほどしかロアと違わない！」

「十代のロアからしたら、リーダーは十分にオジさんよね。私は違うけど」

ディートリヒと言い合うコルネリアは、余裕の笑みを浮かべる。

彼女はまだ二十二歳だから、ディートリヒよりはるかにロアに年齢が近い。それに女性なのだから、ロアにオジさん扱いされる可能性は皆無だ。少なくとも、外見は。

「いつもオレのことガキ扱いしやがる癖に！」

「行動がガキの、『子供おっさん』だからでしょ！」

「はあ？　そんなんだからアイツに『口うるさいの』と呼ばれても反論できないんだろ！」

「ふん！　そんな可愛らしいズボン穿いて喜んでるガキの癖に！」

「あ、それオレも気になってました」

ディートリヒとコルネリアの言い合いに、ロアが口を挟む。

ロアは合流した時から、ディートリヒのズボンが気になっていた。

ディートリヒのズボンの太腿(ふともも)部分には、二対(つい)の真っ赤な犬の足跡形のツギがあてられていた。

そのツギあてされた部分が、双子の魔狼が穴を開けた部分だということはロアも知っている。だが、その穴のツギあてに、あんな派手な色をわざわざ使っているのが不思議だったのだ。

「これは……」

「お気に入りの双子ちゃんと仲良しの印だもんね」

「違う！　これは、クリストフのやつが……」

「オレの所為にすんなよ！　そもそもリーダーが一カ月も穴開いたままほっといたのがいけないいんだろ！　洗濯(せんたく)もしてないいんだろ！　臭かったぞ!!」

クリストフも参戦である。

皆、言い争っているが、表情は柔らかい。本気ではなくじゃれ合いに過ぎないのは明らかだ。

なおも白熱していく望郷の言い合いを見ながら、ロアはこの旅に出てから初めての、心からの笑みを浮かべる。

この旅に出てからずっと感じていた、わずかな不安が吹き飛んだ瞬間だった。

そんなロアの姿を眺めながら、グリおじさんと双子も柔らかな笑みを浮かべていたのだが、それに気付いた者はいない。

結局、調査団はそのままその場所を動くことなく夜を迎えてしまった。

ジョエルは今後のことについて相談するために、団長であるアイリーンの下を幾度となく訪れたが、彼女は馬車を出るどころか声を掛けることすらしてこなかった。

そうこうしているうちに日は傾き、その場で野営をするしかない時間になってしまったのだった。

望郷としても、ロアとの情報交換を優先したかったため、動きが遅いことには文句一つ言わず、同じく野営の準備を始めた。

「このままここで城塞迷宮（シタデルダンジョン）を観察して、帰ることにしてくれればいいんですけどね」

「それでも調査団の仕事は達成されたことになるんだっけ？」

ロアも望郷と一緒に野営の準備をしている。今は食事の準備だ。

クリストフとコルネリアもそれを手伝っていたが、コルネリアは野菜を切るのに集中していて、話に加わる余裕はない。ロアの話し相手はもっぱらクリストフが務めていた。

「そうです。近くまで行くのが本当の目的なんでしょうけど、あくまで調査ですから。遠くても目視できる位置から調査すれば、達成といっても問題ないはずです。グリフォンが飛んでいるのさえ確認できたら完了ですね」

城塞迷宮（シタデルダンジョン）調査団の目的は、その名の通り調査だ。

それも、グリフォンがここをまだ巣にしているかどうかの調査である。それさえ確認できれば、調査を完了してかまわない。

団長のアイリーンが暴走するため、結局は城塞迷宮(シタデルダンジョン)のすぐ近くまで行く羽目になると思っていたが、ここで動かない可能性も出てきた。

すでに騎士も兵士も心が折れており、先に進む話をする者はいない。

彼らは不死者(アンデッド)と人面禿鷹(ハーピー)に襲われたことで、ロアたちの補佐なしではこの場に留まることすら困難だと理解していた。

〈それではつまらぬだろう！　……これはもう出来上がったのではないか？〉

グリおじさんが傍らで、煮立った鍋を覗き込む。

もちろん手伝っているわけではなく、待ちきれずに様子を見に来ただけだ。

「つまるつまらないの問題じゃないからね。そっちは全部出来上がってから皆で食べるんだから、つまみ食いしないでよ！」

〈だが、せっかくの良い修業の機会だぞ？　……腹が減っているのだから、少しぐらいいいであろう？〉

「オレたちが良くても、調査団の人たちまで巻き込むわけにいかないよ。調査団の人たちがここでやめるって言ったら行かないからね……だからダメだって。つまみ食いしたら飯抜きだから」

〈む、ならばあやつらを置いていけばいいだろう？　……出来上がっていないのはディートリヒ(ねぼすけ)たちの分なのだから、そこのチャラいのに任せて先に食おうではないか？〉

「そういうわけにもいかないよ。オレたちがいない間に襲われたら大変だしね……もうちょっとだから、我慢して！」

〈我の匂いのする匂い袋を置いておけばいい。ここでグリフォンの物を奪うバカはいまい。不死者（アンデッド）たちは鼻が利かぬゆえ襲ってくるかもしれんが、それは変な水を沸かしておけばいいのであろう？　……待てと言われても、匂いを嗅いだ所為で腹が減ってだな、双子も待ちきれなくなってお
るぞ？〉

「ぼう！」

「ぼう！」

「お前ら、二つの話題を同時進行で話さないでくれよ。こんがらがるから！」

大人しく横でロアとグリおじさんの会話を聞いていたクリストフは、耐えきれなくなって声を上げた。

とにかく話がこんがらがる。

何より、命に関わる話と夕食の話を、同列に扱って欲しくなかった。

ロアとグリおじさんにとっては、城塞迷宮（シタデルダンジョン）行きも夕食も、同じ程度の重要度の話なのかもしれないが、クリストフにとっては大きな違いがある。とても同じ扱いで話せる話ではない。

グリおじさんが強者であることは間違いない。

錬金術師で大量に治癒魔法薬を所持しているロアも、この場所に満ちている不死者（アンデッド）相手であれば、

圧倒的な強者だ。魔獣の相手も食事も、大きな違いはないのだろう。

　しかし調査団と望郷はそうではない。この場で煮炊きしてまでの強気の野営をしていられるのは、全てロアたちのおかげだった。決して余裕があるわけではない。

　食事程度の話題と混ぜて話されるのは良い気がしなかった。

〈クリストフ（チャラいの）、我は古巣まで行くべきだと思うし、腹が減ったのだ〉

「だから、どっちもダメだって。もう少しだから待ってよ」

〈あそこには滅多にいない魔獣もいるのだぞ？　先ほど手に入った人面禿鷹（鳥モドキ）よりもっといい素材が手に入るぞ。待て、鳥モドキの肉を入れたりはしておらぬだろうな？　あれは臭くて食えたものではないぞ〉

「え？　そうなの？　まあ人面だから食べる気はなかったけど。鳥系の魔獣の羽根は、良い矢羽根ができるんだよねぇ……素材かぁ……」

「ロア、騙されるな！　それから二つの話題を混ぜるなって！」

　もっといい素材と聞いて、ロアの目が輝いたのを見て、クリストフは慌てて止めた。放置していると、ロアが言いくるめられかねない。

〈騙すなど、人聞きが悪い〉

「前科（ぜんか）があるからな！」

　クリストフは軽く言うが、実は内心ドキドキだ。

だいぶ慣れてきたとはいえ、クリストフはまだグリおじさんに得体の知れない怖さを感じていた。

これはコルネリアも同じで、ディートリヒやベルンハルトと違って、二人はまだグリおじさんとは、若干距離を取っていた。

ただ、どうもグリおじさんは、多少荒い口調で話しかけられるのを好むようなので、言葉はかなり崩している。あくまで、気に入られておこうという方針によるものだ。

言われたグリおじさんはフンと鼻を鳴らすが、不快そうな感じはなかった。

「それに、あまり派手に動かない方がいいと思うぞ。ロアの……戦闘薬の話を聞いて思ったんだが、たぶん、裏がある」

〈裏だと？〉

クリストフは周囲を軽く確認してから、声を潜めた。

ロアはこの旅で体験したことを望郷のメンバーに報告していた。グリおじさんも止めなかったため、ピョンちゃんのことも、戦闘薬のことも含めて話してある。自分が賢者候補だという話は、ロア自身がどうせなれるわけがないと思い込んでいるのと、気恥ずかしさから話すのは控え、また詠唱についてもグリおじさんが隠したがっているので話さなかったが、それ以外は全て話した。

クリストフには頭の痛い話ばかりで、事実を受け入れて考えるのに今まで時間がかかってしまった。

特に『賢者の薬草園』など、本気で頭が痛くなった。

ロアはちょっと目を離すととんでもないことを巻き起こしている。

「この城塞迷宮（シタデルダンジョン）行きまで関係してるかは分からないが、あのアイリーンには他国の手が入ってるな」

〈ふむ？〉

「戦闘薬ってのは、オレは知らなかったが、王族が管理しているようなもんなんだろ？　騎士団長と言っても、遊び半分みたいなあのアイリーンが簡単に入手できるものじゃないはずだ。特に、ペルデュ王国は戦争もないからな。ロアが扱ったことがないくらい珍しい材料なら、生産してるかどうかも怪しい。そうなると、ペルデュ王国の人間から入手したと考えるよりは、他国が手引きして入手できたと考える方が自然だ」

そこまで考えていなかったが、話を聞くと、確かにグリおじさんにも、アイリーンが手に入れられるようなものではないと思えてくる。

元勇者パーティーの一員としてあらゆる場所に出かけ、ほとんどの素材を自分で採取しているロアですら、材料を揃えられなかったものなのだ。ペルデュ王国近隣で手に入れられるようなものではない。

他国からの輸入となれば、さらに難しくなる。

何せ、正規ルートでは製造も禁止されている物なのだから。

そうなると、クリストフが言うように、他国が手引きして、秘密裏にアイリーンに渡したと考える方が自然かもしれない。

〈チャラいの、お前たちではないだろうな？〉

「それはない。アマダンでのうちの国の動きは末端まで把握している。そもそもうちの国ではそんなもの使ってない。怪しいのは、北方連合国のどこかか、アダド帝国だな」

〈詳しいな。さすが、ネレウス王国のただの冒険者パーティーの斥候だな！　隠す気がなくなったのか？〉

「……嫌味かよ。性悪（しょうわる）が……」

　グリおじさんに自分たちの素性がおおよそバレているのは、クリストフも気が付いている。だからつい、グリおじさんの誘導に引っ掛かって、自分の本職に関わるような話題に乗ってしまったのだった。ロアがどこまで把握しているかは分からないが、彼の前ではあまり話したくはなかった。

　できることなら、ロアとは冒険者仲間の関係のままでいたいからだ。

　ロアは料理をしながら、クリストフとグリおじさんの会話についていけず、首を傾げていた。

　話の内容は気になるだろうが、国の話となると自分には縁遠い話題で、口を挟んでいいとは思っていないのだろう。

〈あの暴走令嬢が他国の内通者だからといって、我が我慢する理由にはならないと思うがな〉

「何がどう繋がってるか分からないから、あまり派手に動くなって言いたいんだよ。下手したら、他国に目をつけられてロアが危険になるかもしれないんだぞ？　ロアには狙われるだけの才能があるだろ？」

〈むう……仕方あるまい〉

ロアの安全のこととなると、グリおじさんは大人しく黙るしかない。

クリストフはそこに付け込んだわけだが、何とか話は収まった。

「出来たよ！　さあ、食べよう。クリストフもグリおじさんの相手ありがとうございました！」

〈我を邪魔者みたいに言うな〉

「邪魔してたよね？」

いつの間にかロアは、コルネリアが切っていた野菜を受け取り、炒（いた）め物を作っていた。

不満そうなグリおじさんを促しながら、その器を運んでいく。

穏便な方向に話がまとまって、クリストフは安堵のため息を漏らしたのだった。

第十四話　恨みを募（つの）らせるものたち

城塞迷宮（シタデルダンジョン）。

それは太古の城塞がそのまま魔獣の巣となったものである。

その外壁と柱は、特殊な魔法建材で作られている。

すでに再現不可能となっているその建材は、はるかな時を過ごしているにもかかわらず、劣化もせず、太古の姿そのままを残していた。時の流れを伝えているのは、表面に付いた汚れと、這(は)い回る蔦(つた)や苔(こけ)だけだ。

周囲の城壁は三重に張り巡らされており、各城壁内はそれぞれ広大な敷地が確保されていた。

太古、この広い土地は兵たちの宿舎や、それを支える者たちの街として機能していた。

しかし今はその名残がわずかにある程度で、普通の建材で作られた建物は崩れ落ち、草木が生い茂る森と化している。

城壁の門は常に閉じられており、防御魔法の効果によって、人間はおろか外部の不死者(アンデッド)たちすら内部に入り込むことはない。

そこには多くの動物や魔獣たちが暮らしており、城壁の内部だけで、ある種の生態系がしっかりと形成されていた。

侵入者が来ることもないそこは、穏やかな空気が流れており、楽園のように見えるが、それは間違いだ。

ここは、この城塞迷宮(シタデルダンジョン)の支配者たちの餌場(えさば)。

いや、餌場というより、牧場と言ってしまっても良い。

中心部分の塔に住むこの迷宮の支配者たちにしっかりと管理され、城壁内の動物や魔獣は生かされているのである。

城塞迷宮（シタデルダンジョン）の支配者は翼のある者たちだ。

堅牢な城壁で閉ざされた世界に、出入りが可能な存在たち。

その頂点にはグリフォンたちが君臨（くんりん）していた。

グリフォンは中心部の城の上層をその巣とし、城塞迷宮（シタデルダンジョン）という広大な縄張りを管理しているのである。


〈嫌なの　いる〉

眠っていたはずの一匹のグリフォンが、目を開けると同時に呟く。

そこは塔の最上階。宴席用に作られた広間を、周囲の部屋との仕切りをさらに取り除いて、グリフォンの巨体でも広々と過ごせるようにした場所だ。

窓も全て壊され、外気がそのまま流れ込んできている。

広々としたバルコニーへと続く大扉からは、月の光が差し込み、グリフォンの艶（つや）やかな翼を輝かせていた。

この巣にいるグリフォンは五匹。しかし、今は二匹しか姿が見えない。

〈嫌なの？〉

その呟きに、近くで餌を食べていた別のグリフォンが反応する。

嘴が何かの血で汚れていた。

二匹ともグリおじさんと外見的な差はないように見える。

　しかし実際は、グリおじさんと比べればはるかに若く、辛うじて人間の言葉で思考しているものの、言葉遣いはたどたどしかった。

〈あいつ　一番　嫌いなやつ〉

〈あいつ？　信じたくない！　帰ってきた？〉

　餌を食べていたグリフォンが、嫌悪の表情を浮かべ、周囲を見渡すように首を持ち上げた。そして索敵の魔法を使おうとするが、最初のグリフォンが翼で押さえつけて止める。

〈索敵　魔法　ダメ　あいつ　気付く〉

〈なぜ？　気付いた？〉

〈影鸚鵡（シャドウパロット）　知らせてきた　やつら　隠れる得意　あいつ　気付かない〉

　影鸚鵡（シャドウパロット）はオウムそっくりの夜行性の魔獣で、漆黒の翼を持っている。それほど強くはないが、気配を隠すことに特化していた。

　密かに周囲を探らせるには最適の魔獣だ。

　それが何かの手段でもって、寝ていたグリフォンに知らせてきたのだろう。

〈あいつ　帰ってくる　平和なくなる　ダメ！〉

〈あいつ　人間　連れてる　弱点　ある　本気出せない〉

〈殺せる？〉

グリフォンたちの瞳が輝く。

餌を食べていたグリフォンは、その嘴の血をゆっくりと舐め取った。

〈殺したい　気配消す　気付いてない　襲う　一番すごい　使う〉

グリフォンたちは凶悪な笑みを浮かべ、全身の羽毛を逆立てる。

ヒューイと、甲高い鳴き声が室内に響いた。

〈あいつ　嫌い　殺す〉

〈苦しいの　嫌　殺す〉

〈連れてる　人間　敵　全部　殺す〉

〈殺す〉

怒りに燃える瞳。

一匹のグリフォンの周囲には、白い輝きが舞い始める。

それは漏れた魔力によって空気が凍結し、月明かりを反射したものだ。

〈夜　眠る　狙う！〉

もう一匹の足元には闇。

それは月明かりすら呑み込み、異質な影を落とす。

〈殺そう！〉

その宣言は、夜の闇に溶けていった。

同じ頃、アマダンの街では大商会の主コラルドを訪ねる人間がいた。

すでに人々が眠りにつく時間になっていたが、コラルドは一人で自室に籠り、仕事の残りを片付けていた。

こんな時間まで仕事をしているのは、ロアが作った超位治癒魔法薬を王に献上するために、王都まで行っていたことが原因だ。

旅の間に溜まりに溜まった仕事に圧迫されて、日常の仕事の処理が追いついていないのだ。

もちろん商会の者たちも最大限に手伝ってくれているが、それでも商会長でないと処理できない書類が多過ぎた。

「……お待ちください、困ります！　お願いします！」

廊下の方から誰かが叫ぶ声が聞こえてくる。

それと同時にやけに重い足音が響いた。

この声は護衛だろうか？　コラルドの部屋周辺を守っている護衛は、コラルドの許可なしに人を近寄らせはしない。なのに声と足音が近づいてくるということは、間違いなく異常事態だろう。

コラルドは仕事の手を止め、机の引き出しから護身用の魔道具を取り出す。

その時、猛烈(もうれつ)な勢いで入口のドアが開いた。

「あっ」

ドアが開いた音に驚き、コラルドは護身用の魔道具を床へと取り落してしまう。慌ててそれを拾おうとした勢いのまま身を屈め、身を守るために机の陰に隠れた。

「ハゲ！　いるんだろ!?」

部屋の中に荒々しい男の声が響いた。

コラルドは声から人物を推測し、地獄でも覗いたかのような渋い顔を作った。しかしそのまま顔を見せるわけにいかず、冷静な表情を取り繕って、そっと机の陰から顔を出す。

そして、予想通りの人物がそこにいるのを確認して、顔を出したことを後悔した。

「……ブルーノさん。何ですか？　こんな時間に」

「お前こそ、机の陰で何やってんだ？」

貴方の所為ですよ……と言いかけて、コラルドは言葉を呑み込んだ。

入ってきたのは鍛冶屋のブルーノだった。

ロアに惚れ込み、弟子にしたがっている男だ。ロアの師匠ではなく、ロア自身からも否定されているが、常にロアのことを「弟子」と呼んでいる。

鍛冶の腕は超一流だが、傍若無人（ぼうじゃくぶじん）を絵に描いたような男だ。噂では国王すら扱いに困っているらしい。

「コラルド様！　申し訳ありません！　止められませんでした！」

護衛が涙目で叫ぶ。部屋に入ってきたブルーノの身体には、三人の護衛が縋り付いていた。

ここに来るまでに必死に止めようとしたのだろう。縋り付いている彼らの衣服は乱れ、引きずられたのか、靴が片方脱げている者もいる。

彼ら以外にもコラルドの部屋の入り口には、疲れ切った顔の使用人たちが多く集まっていた。使用人たちもまた、ブルーノを止めようと奮戦してくれたのだろう。

「はぁ……いいんですよ。ブルーノさんを止められる人間なんていませんから」

「しかし」

「王城の騎士たちでも不可能ですから、気に病む必要はないです。よく、指示していた通り攻撃せずに済ませてくれました。感謝します」

「はあ……」

この国では、家などに無断で侵入する者に対しては攻撃し、殺すことも許されている。

このコラルド商会も例外ではなく、商会の建物を血で汚してでも絶対に侵入者を許すなと教育していた。

ただ、目の前の人物……ブルーノだけは例外だ。

「攻撃したら、この商会がなくなるところでしたからね」

コラルドの脳裏には先日見た、崩れ去った冒険者ギルドの建物が鮮明に浮かんでいた。

下手にブルーノを攻撃していれば、コラルド商会にもあれと同じ未来が訪れていたことだろう。

冒険者ギルドを倒壊させたのは間違いなくグリおじさんだろう。状況的にそうとしか思えない。

そして、同じようなことを絶対にブルーノもやる。敵対すれば容赦しない男なのだ。

「はあ？　オレはこの商会をなくしたりしねぇぞ？　弟子が住むとこがなくなるだろ？」

つまり、ロアがここに住んでいなければやるということだ。

コラルドは大きくため息をついた。

「それで、何の御用ですか？　ロアさんなら不在ですよ」

「知ってる。グリフォンの巣に遊びに行ってるんだろ？　今日はお前に話があんだよ」

「ほう。それは……ああ、君たちはもう下がって良いから。誰か飲み物を」

「酒」

疲れ切った顔の護衛や使用人たちを下がらせるべく声を掛けたが、飲み物を頼んだところでブルーノが酒を要求したため、コラルドは一瞬だけ眉根を寄せた。

「私には茶を、ブルーノさんには適当に酒を持ってくるように」

「お前も飲めよ」

「私はまだ仕事が残ってるんですよ」

「オレは終わったぞ？」

「そうでしょうね……」

ブルーノがこんな夜中に来たのも、ちょうど仕事を終わらせてきたからだろう。

他人の都合ではなく、自分の都合で動く男なのだ。

コラルドはブルーノに応接用のソファーに座るように促し、向かい合わせで座った。

地味な見た目だがしっかりとした作りのソファーは、筋肉だらけで重そうなブルーノの身体を問題なく受け止める。

「それでお話とは？」

使用人たちが引き上げ、メイドがテーブルに酒と茶を置いて立ち去ってから、コラルドは話を切り出した。

ブルーノはというと、出された醸造酒（ワイン）を銀の杯（さかずき）に勝手に注いで飲み始めている。

「ん？　決まってるだろ。オレの弟子のことだ」

「やはり、我が商会の従業員のことですか」

お互いに、ニヤリと笑う。

「手が震えてるぞ？」

「先ほどまで大量に書き物をしていたので手が疲れたようです」

コラルドが「我が商会の従業員」と言った瞬間に、ブルーノの身体が数倍に膨れ上がったように感じられた。

実際はそんなことはないのだが、それだけ一気に存在感が増したのだ。

何かされたわけではないのに、コラルドの手は震え、背中がぐっしょりと濡（ぬ）れるほどに汗が噴き出す。悲鳴を上げて逃げ出したい気持ちになる。

ブルーノに威圧されたのだ。

彼は怒気を孕(はら)んだ視線でコラルドを睨みつけている。しかし、コラルドは気力だけで耐えた。

「勇者パーティーっていう足枷(あしかせ)があるうちに、目立たないようにオレが育ててたんだけどな？　枷がなくなった途端に掻(か)っさらいやがって」

「貴方がロアさんに知識を与えていたのは重々承知しております。しかし、今の状況はロアさん自身の考えによるもので、私は提案したに過ぎません」

ブルーノに睨みつけられながらも、必死にコラルドは言い返す。

普通の人間なら気絶していてもおかしくない状況だが、真っ直ぐにブルーノの目を見つめて、自分の意思を叩きつけた。

息が止まりそうになる睨み合いが続き、先に表情を緩めたのはブルーノだった。

「まあいいや。お前に何かすると弟子に叱られるからな」

「ロアさんに感謝しないといけないですね」

ブルーノのその言葉と共に、感じていた気配が収まる。

コラルドはホッと息を吐きながら、ブルーノに虚勢で笑顔を向けると、汗が浮かんだハゲ頭を軽く撫でた。

「それにしても……どうしてロアさんは、こうも普通ではない人達に好かれるんでしょうねぇ。心が折れそうです」

「折れろ折れろ。弟子はオレが引き受けてやる」

「そういうわけにはいきませんよ。せっかく手に入れられたのに」

コラルドが緊張で渇いた口を潤すために茶を一気にあおると、それに合わせるようにブルーノも酒杯をあおる。

「オレの弟子を懐（ふところ）に入れてると、まだまだ苦労は増えるぞ？　せっかく残ってる横の毛もハゲちまうぞ？」

「まあ、それくらい今更ですね」

コラルドは、ハゲ頭に申し訳程度に残っている側頭部の毛を、ポリポリと掻いた。

「ネレウス王国のお貴族様とも知り合ったみたいだしなぁ」

「望郷の方々ですね」

二人してさらりと、望郷のメンバーたちが必死に隠していることを暴露（ばくろ）する。

お互いに、どうせ気付いていると思っていたため、表情は穏やかだ。

ブルーノは武骨（ぶこつ）な鍛冶屋だが、情報収集に長けている。どうも、鍛冶屋ならではの、剣士騎士冒険者など、武器を扱う者たちを主とした情報網を持っているらしい。

「あれは厄介だぞ。あいつらはともかく、あいつら経由でネレウスの女王が絶対にしゃしゃり出てくる。あのバケモノ女王はお前には扱いきれないぞ？」

「やっぱりそう思いますか？　でも、何とかしますよ」

望郷のこともネレウス王国の動きも、コラルドには一応予想の範囲内だ。

少しだけ頬を引き攣らせてしまったものの、にこやかな表情は崩さなかった。

「グリフォンも普通のグリフォンじゃないぞ？」

「そうですね、でも仲良くやらせていただいてますよ？」

コラルドとグリおじさんの仲は良好だ。お互いに腹黒いところが似ているのだろう。実を言うと、ロアよりも扱いやすかった。

「双子も普通じゃないしな」

「そうですね。まだ子供と言っても良い年齢なのに、魔法を使いますからね。グリおじさんの教育が良いのでしょうね」

「何言ってんだ。あいつらは元々魔法が使える種だぞ？　炎魔狼（スコル）と氷魔狼（ハティ）、フェンリルから生まれた魔狼の上位種だ」

「はあ？」

知らなかった情報に、コラルドの声は思わず上擦った。

「何だ、気付いてなかったのかよ？　まあ今となっては古い文献でしか知られてない魔獣だからなぁ。情報に疎い商人が知らなくても仕方ないな」

「あ、いや、そのですね」

商人にとって情報は重要なものだ。それを普通ではないとはいえ、鍛冶屋に負けたとなっては恥でしかない。

勝ち誇るブルーノに、コラルドは顔色を変えながら取り繕おうとしたが、上手くいかなかった。

「あいつらは成長したらグリフォンなんかよりも厄介だぞ？　炎で山を溶かし、海を凍らせたと言われてるやつらだ。お前なんかの手には負えないぞ？　ほら、弟子ごと手放しちまえよ？　オレが責任持って引き取ってやる」

ブルーノは髭の下から牙のような犬歯を覗かせ、ニヤニヤ笑う。

その顔を見つめながら、コラルドは必死に言葉を探した。

「……その、えーと、ところで！　もう夜も遅い時間です！　本題を聞かせていただきましょう！」

結局、話題転換をして逃げた。

商人としての交渉事なら完全敗北だが、今のこの状況なら問題ないだろう。たぶん。

それにロアの取り合いという点では、コラルドはすでに勝利していた。逃げ切ればいいだけだ。

そもそもブルーノと渡り合える存在など、この王国に数えるほどしかいないのだ。

ロアの後ろ盾のおかげとはいえ、殴り倒されずにちゃんと会話ができているだけでもたいしたものだろう。

「ああ、そうだな。あまり遅くなると、ソフィアのやつにケツを蹴り上げられるからな。お前の取り乱した顔を見られただけで良しとするか」

ソフィアというのは、ブルーノの弟子というか助手的な立場の女性だったはずだ。このブルーノの尻を蹴る人間がいるとは、にわかには信じられない。

コラルドはその事実に恐怖を感じた。

「王に、超位治癒魔法薬を作った人間の正体をバラすからな」

「はい？」

言っている意味が分からない。

いや、意味は分かるが理解できない。

確かに国王に超位治癒魔法薬を献上したが、コラルドはその作り手が誰なのかは隠していた。

今の時点で、ロアが超位治癒魔法薬を作れることを知らせるのは、得策(とくさく)ではないと考えたからだった。下手をすると、ロアは強制的に国に召し抱えられ、死ぬまで拘束されて魔法薬を作り続けさせられるかもしれない。

そしてそうなると、グリおじさんが激怒して国の滅亡に繋がるだろう。

上手くロアが王家の保護下に入って、なおかつ自由に動けるようにするには時間が必要だった。

「それは……」

「お前の計画は時間がかかり過ぎるんだよ。色々問題がある。だからロアのことを全部話して、王家と冒険者ギルドにはオレの方から圧力をかけてやる。お前は商人ギルドを何とかしろ」

「はい？」

やはり、言っている意味が分からない。

「お前の計画の進みが早まるように、王家に圧力をかけてやるって言ってるんだよ。冒険者ギルドの方も俺の伝手で何とかしてやる。あとは商人ギルドだけだ。あっちは王家からの指示があってもあまり言うことを聞かないだろ？　だから、そこをお前が抑えろって言ってんだよ」

「はあ……」

どう考えてもコラルドが極秘で進めていた計画がバレている。

そして、その後押しをしてくれるということなのだろう。

「それの、対価は」

「いらね。弟子のためだからな。たいしたことじゃないしな」

王家と冒険者ギルドに圧力をかけるのがたいしたことじゃなければ、一体何がたいしたことなのだろう？

コラルドは平然と言うブルーノに呆れたが、それと同時に、ブルーノなら本当に簡単に何とかしてしまえるのではないかという、妙な確信を持った。

「私の担当は商人ギルドだけですか。それは……かなり楽になりましたね」

商人相手であれば、色々と利益を与えるだけで抑えられる。それはいつもやっていることだ。

「だろ？　ちゃんと弟子にもオレのおかげだって言っとけよ？」

そう言うと、ブルーノは大口を開けて豪快に笑った。

つられるように、コラルドも笑う。

これで、最近ずっと頭を悩ませていた問題が何とかなりそうだった。

コラルドも最悪の場合、ブルーノに協力を求めて利用することは考えていたが、ブルーノの方から言い出してくれるとは思いがけない幸運だった。

しかも、無償だ。

タダほど怖いものはないが、この場合はロアのためという理由もハッキリしているため、気にすることもない。

「……あとは今回の旅で、ロアさんがまた突拍子もないことをしでかさないと良いんですが……」

コラルドが独り言つ。

「あいつらを自由にしてタダで済むわけねーよ。もう歯止めになってた連中はいないんだ。また、面白いことやらかしてくるぞ！　絶対に！」

ブルーノは豪快に笑い、酒をあおった。歯止めになっていた連中とは、ロアが元々所属していた勇者パーティーのことだ。彼らに抑圧されていたことで、ロアは自由に動くことができなかった。

それは、ロアのことを第一に考えて行動していたグリおじさんと双子の魔狼も同じだった。

だが今は、彼らの行動を制限する者はいない。

その予言めいた言葉に、コラルドは大きく肩を落とすのだった。


夜半。コラルドとブルーノが会談を行っていた頃。

城塞迷宮（シタデルダンジョン）調査団の面々は眠りについていた。

もちろん見張りは立っており、望郷も交代で一人ずつ起きている。

ロアは「グリおじさんたちがいるから必要ないですよ」と、呑気なことを言っていたが、それでも気持ちの問題で、望郷のメンバーで最低限の見張りを立てることにしたのだ。少なくとも、何かあった時に皆を起こして回る人間は必要だろうという判断だった。

この時間の見張りはコルネリアだ。

男がほとんどの見張りの兵たちの中に、一人コルネリアを残すのはディートリヒたちも少し気がとがめた。しかし、彼女より強い人間は、この場には望郷のメンバーしかいないので問題はない。

コルネリアは焚火を眺めていた。

そして思いつめたような表情をしており、物思いにふけっているのか、瞳は一点を見つめたまま動かない。

焚火には三脚（トライポッド）が立てられ、薬缶（ケトル）が吊るされていた。

薬缶（ケトル）の口からは白い湯気がゆっくりと噴き出しており、それが焚火の炎に照らされながら、闇夜に溶けていく。

薬缶（ケトル）の中身は聖水だ。

この聖水入りの薬缶（ケトル）は野営している調査団の周囲にも、同じように火にかけられながら四カ所配置されており、それで不死者（アンデッド）が近づいてこないようにしていた。

調査団には秘密にしている、清浄結界の魔道具の代わりだ。もちろん、聖水は過熱しても変質しない特殊な治癒魔法薬ということにしてある。調査団の中にその正体に気付く者はいないようなので、堂々と使っていた。

「……コルネリア。ちょっといいですか？」

「どうしたの？」

コルネリアは、何やら申し訳なさそうに近づいてくるロアを見て、首を傾げた。

本当なら、ロアは寝ているはずの時間だ。

ロアは小さな袋をコルネリアに差し出した。焚火に照らされている所為か、ロアの顔が赤くなっている気がした。

「その、これ、使ってください」

ロアはコルネリアと目を合わせない。

「なに？　プレゼントかしら？」

「……」

ロアの不審な態度にコルネリアは茶化してみたが、彼は口ごもって下を向いてしまった。

「……オレ、以前から、娼館にも薬を売っていて」

「え？」

ロアとは縁遠そうな娼館という単語を聞いて、コルネリアの心臓が跳ね上がる。

「その、夕食前からコルネリアの態度が変で気になってたんですけど、病気かと思って。でも、ディートリヒに聞いても病気じゃないって言われて、気になって、それで……」

ロアの顔が、目に見えて赤く染まっていった。

「女性の不調で、病気じゃないと言ったら、やっぱりアレですよね？　毎月ある……その、これ、軽くして早く終わらせる薬です。魔法薬じゃないので劇的に効くわけじゃないですが、ゆっくり長く効くので。娼館で働いている女性たちにも評判が良かったから、ぜひ……」

「あーーーー」

コルネリアは、ロアの言いたいことが分かって頭を抱えた。

ロアはコルネリアの態度がどこかおかしいことに気付いて、気を使ってくれたのだろう。確かに夕食の準備の時に考え込んで、やけに無口になってしまっていた。自分自身でもそういう自覚はある。

苦手な調理に集中している風を装っていたから、誰にも気付かれなかったと思っていたが、ロアには感付かれたらしい。

そして色々考えた末に、ロアは明後日(あさって)の方向の結論を出してしまったようだ。

できるだけ恥をかかせないように、コルネリアが一人になる時を狙って、ロア自身もそういう話題は恥ずかしいだろうに、顔を真っ赤にしながらも薬を持ってきてくれたのだ。

その心遣いに、コルネリアは苦笑を浮かべた。

「違うのよ。ちょっとね、考え事をしてただけ」

コルネリアは、ロアから自分たちと会うまでの旅の話を聞いて思うところがあり、考え込んでいた。

主にアイリーンと戦闘薬の話だ。

先日のコルネリアは、ロアが与えてくれる恩恵で自分の実力を勘違いしそうだと悩んでいた。

一応、ディートリヒに相談して気持ちを切り替えられたが、それでも吹っ切るまでには至っていない。

コルネリアには、アイリーンと戦闘薬の関係が、自分とロアの関係に重なって見えたのだった。

特に、安易な方法で自分の実力を勘違いしているあたりが。

そして、どうしてもアイリーンに同情してしまい、何とか救えないかと考えていた。

そのことを考えていた所為で、いつもの態度が崩れてしまい、さらにはそれを悟られないように口数を少なくしていたことで、逆にロアに不審に思われてしまったのだろう。

ここ最近のコルネリアの悩みを知っているディートリヒは誤魔化してくれたようだが、ロアはまったく違う解釈をしたようだ。

「……そうですか……何かオレに力になれることがあったら、言ってくださいね」

「ありがとう！　そんなたいしたことじゃないからね。本当に頼りたいことがあったら、遠慮なく言わせてもらうから」

コルネリアは、ロアの気持ちが嬉しくて、心からの笑みを浮かべた。

その笑顔に、ロアも納得したのか大きく頷いた。

「あ、でも、この薬は受け取っておいてください。売ってるのより効果はありますから。当帰(アンゼリカ)を主成分に色々入ってるんです。オレが考えると効果重視で魔法薬にしちゃうんで、婆ちゃんの――薬師の作成方法(レシピ)に忠実に作ってあります。魔法薬だと常用しにくいですしね。コルネリアみたいな重くてイライラする人にも効果ありますよ！」

「……」

笑みを浮かべたばかりのコルネリアの表情が固まる。

「……その重くてイライラするっていうのは誰に聞いたの？　……いえ、言わなくていいわ。あのバカよね？」

「あ……」

ロアは勢いに任せて失言したことに気付いた。

説明し出すと止まらないのが、ロアの悪癖だ。確かにコルネリアが察したように「あのバカ」ことディートリヒに言われたのは間違いないが、それ以前に、女性に対して言うべきではなかった。

「そうよね。病気じゃない不調で、男の子がそっちの方を真っ先に思いつくわけないもんね。誰かがそう考えるように誘導したんなら別だけど。そっか、重くてイライラしてるって言ってたのか。私がイライラする原因は、そのバカリーダーなんだけどねぇ」

フ、フ、フ、と、コルネリアは先ほどの笑みとはまったく違う、暗い笑みを浮かべた。
ロアは余計なことを言ってしまったと思うものの、今更言い訳もできない。

「その、殺さない程度に……」

ディートリヒのためにそう言うのがやっとだった。

死ななければ治癒魔法薬で何とかできる。

「でも、その薬はありがたくいただくわ。ありがとう！」

「いえ、なんか、すみません」

ロアはいたたまれない気分になって、思わず頭を下げた。

〈ぬかった!!　小僧！　逃げろ!!〉

グリおじさんの慌てた『声』が響いたのは、そんな瞬間だった。

「えっ!?」

ロアが声の方を振り向くと、グリおじさんの焦った姿が目に入る。その姿に、ロアは異常事態であることを一瞬にして悟った。

グリおじさんの声が響くと同時に、轟音(ごうおん)が聞こえ始める。

その音は空から、まるで降り注ぐように聞こえてくる。音は振動となり、ロアの身体全体を痺(しび)れさせた。

巨大な何かが落ちてくる。

白い尾を引きながら天空から迫る何か。数百メートル……いや、一キロ近い大きさがあるだろうか。認識した時には、もう逃げる時間すらないほどにそれは近づいていた。

〈間に合わん！〉

「ばう！」

「ばうううう!!」

ロアとコルネリアの視界が暗転する。

身体が何かに押され、地面に押し倒されたのだ。それは柔らかく、温かかった。

「グリおじさん!?」

その手触りと匂いで、ロアはすぐに自分を押し倒したものの正体に気付く。

グリおじさんはロアたちの上に覆い被さり、大きく翼を広げていた。

「グリおじさん、何が!?」

ロアは急な出来事に叫びを上げたが、グリおじさんは答えない。その余裕がないのだろう。

一拍ほどの時間を置いて、パンと、弾けるような音が響いた。

〈ふぅー……双子よ、助かった〉

「何があった！！？」

グリおじさんの安堵した声と、ディートリヒが叫ぶ声がほぼ同時に聞こえた。

〈敵襲だ。我の索敵の届かぬ上空から、氷塊を撃ち込まれた〉

ふと、視界に焚火の明かりが戻ってくる。グリおじさんが翼を畳（たた）んだのだ。

グリおじさんはその身体の下にロアを、翼の下にコルネリアを収め、かばう姿勢を取っていたのだった。

「雪？」

辺り一面に舞い散る白い雪。

ロアはゆっくりと立ち上がりながら、それを見つめた。

舞い散る雪は焚火に照らされて輝いている。先ほどの轟音で目を覚ました兵士たちも、何が起こったのか分からず、雪が舞い散る空を呆然と見つめていた。

幻想的な風景だが、それを楽しんでいる場合ではない。

今は初夏。春の終わりに咲く春黄菊（カミーレ）の花が終わったぐらいの時期だ。大陸の北寄りに位置するこの場所でも、雪が降るはずはない。

「グリおじさん様っ！　これは魔法ですか⁉」

ベルンハルトが興奮し、上気した顔で叫びながらグリおじさんに詰め寄ってくる。

グリおじさんはそちらに視線を向けることなく、空を睨んでいた。

〈ここを目掛けて上空から巨大な氷塊を撃ち込まれた。索敵範囲外だった所為で、我の反応も遅れた。小僧と、近くにいたうるさい女は助けられたが……双子が制御権を奪ってくれねば、貴様らは今頃押し潰されていただろうな。双子に感謝するのだぞ〉

「制御権を奪う？　魔法のですか？　そのようなことが可能なのですか⁉」

〈双子なら、炎と氷の魔法であれば、可能だ。双子は本能と、我が教えた理論によって魔法を制しておる。魔力が足りぬゆえ強大な魔法は放てぬが、制御権を奪うくらいは容易(たやす)い。風であれば我も可能だぞ〉

「そ、それは！」

〈うるさい、今は黙れ！　我から離れろ！〉

なおも詰め寄って質問攻めにしようとしたベルンハルトに、グリおじさんは切り捨てるように言い放った。言われたベルンハルトは一瞬だけ口惜しそうな表情を浮かべたものの、他の望郷のメンバーたちと共に、周囲の状況を確認するためにグリおじさんの傍らから離れた。

全ては一瞬の出来事だった。

誰もが気付いた時には事態が終わっていた。

あの時、グリおじさんと双子は、上空から迫りくる巨大な氷塊に気付くとすぐに、ロアの下に駆け出した。

最初にグリおじさんは氷塊を弾き飛ばそうとしたが、それができる時間はなかった。

その大質量に、高空から落下する速度が加わっている所為で、グリおじさんであっても弾き飛ばすには詠唱魔法を使う必要があったのだ。それでは時間がかかり過ぎる。

グリおじさんと双子だけであれば、空を覆い尽くすような巨大な氷塊であっても、十分に逃げ切れる時間はあったが、ロアがいる以上はその選択肢もない。ロアの身体はその速度に耐えられない。

そこで、守りを固める方向に切り替えたものの、短時間で氷塊に十分に耐え得る魔法を張れる範囲は、せいぜい自分の身体から数メートルだけだった。

ロアを身体の下に抱え込み、ついでに目についたコルネリアを翼の下に収めた。

他の望郷のメンバーが眠っていたテントも比較的近い位置だったため、死なない程度に守ることもできていた。当人は「押し潰されていただろう」などと言っていたが、十分に気にかけていたのだ。

全身の骨が折れ、肉が裂けるくらいのことはあるかもしれないが、ロアの魔法薬ですぐに完治する程度だ。命を失いはしないはずだ。

最も重要なロアのことを守れ、ついでに望郷のメンバーを死なせずに済むのだから、問題はない。

グリおじさんはそのまま、氷塊が地面に当たって砕けきるまで耐えるつもりだったが、さらに安全を求めて行動したのは双子の魔狼だった。

双子の魔狼はそれぞれ、炎と氷の魔法を得意としている。

互いに正反対な性質の魔法であるにもかかわらず、その連携は完璧だ。

炎と氷、そのどちらかの魔法であれば、二匹がかりで制御権を奪い取り、逆の性質に変えることもできる。

氷塊の魔法の制御権を奪い取った双子は、内部に急激な熱を発生させて氷塊を弾けさせ、無害な雪になるまで砕ききったのである。

　これによって命を救われたのは調査団の面々だが、もちろん双子は彼らを助けようとしたわけではなく、万が一にもロアに被害が及ばないようにしたに過ぎない。調査団はあくまでオマケだった。

　グリおじさんも双子も、最初から調査団など気にもかけていなかった。

　双子がグリおじさんの魔法で十分だと考えて氷塊を破壊していなかったら、今頃は周囲に無残な肉塊が転がっていたことだろう。

〈見つけた！　それで気配を消し隠れているつもりか。稚拙（ちせつ）な！〉

　不意に、グリおじさんが叫ぶ。

　その顔に浮かぶ笑みはロアから見ても凶悪。肉食獣の本性が表れている。

〈ふふふふふふ。二匹か。気配を消し、我の索敵の範囲外からの攻撃、見事だったぞ！　ふふふふふ……尻に卵の殻（から）を付けたヒヨコだと思っていたが、多少は成長したようだな。褒美に最高の苦痛を与えてやろう！〉

　グリおじさんは空の一点を見つめていた。

　舞い散っていた雪はすでに消え、遮るもののない空には星が瞬いている。

　ロアたちも視線の先に目を向けるが、そこには何も見えなかった。

　ただ、双子の魔狼は体温を確かめるように、ロアの足にピッタリと寄り添いつつも、グリおじさんと同じ方向を見つめて牙を剥いている。

ロアは無言で、双子の頭を優しく撫でた。

〈ふふふ。双子もやる気だな。よしよし、待つがいい。今あやつらを叩き落としてやる〉

ヒューイと、グリおじさんが鳴き声を上げる。

それは長く、歌うように続き、旋律を奏でた。

〈深紅の花弁は風に舞い、水面へと口付ける……〉

「え？」

と、ロアは驚き、グリおじさんの顔を見つめた。

グリおじさんが口にしたのは、詠唱魔法だ。詠唱は魔法の効果を引き上げる。

はるか上空から巨大な氷塊を落としてくるような相手に対して、詠唱を伴う強力な魔法を使うこと自体はおかしくはない。だが、グリおじさんは他人に詠唱を聞かれるのを嫌っていたはずだ。

それがロアと双子どころか、望郷のメンバーまでもがまだ目の届く範囲にいる状況で詠唱している。

周りが見えなくなり、恥ずかしさなど気にならないほどに怒っているらしい。

幸い、グリおじさんがわずかばかり残った理性で詠唱の声を抑えているため、すぐ近くにいたロアと双子以外には聞こえていないようだ。

グリおじさんの羽毛獣毛全てが逆立ち、その身体からにじみ出る怒気にこの場にいる全ての者が圧倒され、話すどころか息を呑むことすらできなかった。

また風切り音が上空から響いてくる。

今度は複数だ。先ほどの氷塊よりかなり小さく、人間の背丈ほどだが、尖った数百の氷の槍が雨のように降ってきた。

だがそれはあっさりと、突如吹いた強風に巻かれて周囲に飛び散って砕けた。

〈ふん！　そのような爪楊枝(つまようじ)で我が殺せると思ったか？　苦し紛れに放った魔法など、どんな状態からでも対処可能だぞ。先ほどのような大魔法を放ってみよ。魔力が残っていればだがな！〉

氷の槍を砕いた強風は、グリおじさんの魔法だった。

詠唱しながら他の魔法を操るなど人間には不可能だが、グリおじさんはそれを簡単にやってしまう。

〈……静かに広がる水紋(すいもん)は、澄んだ水面にしみわたり、愛しい心に炎を灯す。さあ、落ちよ。風紋(ふうもん)の戒(いまし)め〉

グリおじさんがそう言い放った直後に、星が瞬く夜空から何かが落ちてくるのが見えた。

先ほどの氷塊とは違い、風を切るような速度ではなく、それは力を失って落下してきている。

〈我が下に来い。きつい仕置きをしてやる〉

グリおじさんはその落下してくるものを見つめながら、ニヤリと口元を緩めた……。

「グリおじさん！　ダメ！」

その落下してくるものが何を引き起こすのか、最初に気付いたのはロアだった。ロアはグリおじさんの怒気の影響を受けなかったため、冷静な判断ができた。

「皆さん、逃げてください!!」

あれは落ちてくるのだ。はるか上空から、何かに引き寄せられるように、この場所へと真っ直ぐに。

「ここに落ちてくるぞ！　逃げろ！　当たれば、死ぬぞ!!　バカ野郎！　落とす場所を考えろ!!」

ディートリヒも声を張り上げる。

最後の罵声は明らかにグリおじさんに向いていた。

その声で、調査団の兵士たちもやっと状況を理解できたらしく、足をもつれさせながらも散り散りに逃げ始めた。

周囲には不死者（アンデッド）がいるかもしれないが、この場に留まるよりはいい。

「グリおじさん！　場所を考えて！　人がいないところに！」

〈ふふふふふ、小僧と双子と我を害そうとしたのだ。直々（じきじき）に仕置きをしてやらねば気が済まぬ。さあ、我が眼前にひれ伏せ!!〉

「目の前はダメだって!!」

ロアが羽毛を引き抜く勢いで縋り付いて叫ぶが、グリおじさんは聞く耳を持たない。そしてついに、それはロアたちの目の前に落ちた。

身体全体で感じる激しい振動と、風圧で巻き上がる粉塵（ふんじん）。

その場に残ったロアと望郷のメンバーたちは、立っていられずに膝をつく。

焚火は全て消え、闇が訪れた。

だがそれでも、ロアたちはグリおじさんの魔法によって守られていた。逃げた者たちよりも、はるかに安全だったのである。

彼らの周囲以外はさらなる衝撃が訪れており、近くにあった馬車は倒れ、飛び散った瓦礫が傷をつけていく。繋がれていた馬たちは傷つく身体に嘶きを上げた。

逃げて行った兵士たちも無事かどうか分からない。夜の闇の中、至るところから悲鳴が聞こえてきた。

「ベルンハルト！」

ディートリヒが叫ぶと、返事はなかったが魔法の光が灯る。

光で視界が開けると同時に、ロアと望郷のメンバーたちは周囲を見渡し、被害状況を確認した。

横転した馬車は酷い状態で、馬は傷ついて血を流しているが、死ぬようなケガはしていないようだ。興奮して激しく暴れ回っている。

周囲に人影もない。助かった者たちも衝撃に怯えて大地に身を伏せているようだ。幸いにも死人が出るような状況ではなく、ロアたちは胸を撫で下ろす。

なおも砂塵が視界を舞っている。

人々のわずかな悲鳴と馬の嘶きだけが響いていた。

粉塵が晴れようとした時に。

その中心部分から漆黒の帯状の物が、グリおじさん目掛けて飛んだ。

〈ふん。影ごときで何をしようというのだ?〉

漆黒の帯はグリおじさんに届く寸前に、瞬いた光に焼かれ散る。

漆黒の帯は影魔法の攻撃だった。

グリおじさんの繰り出した光魔法によって消されたのだ。

〈我は光の魔法は得意ではないのだぞ? それなのにこうもあっさり防げるとは、鍛錬もせずに巣で怠惰を貪っておったのだろう。情けないことだな〉

緩やかな風が吹き、粉塵が晴れる。粉塵の先は地面が割れ、土が捲れ上がっている。

その中心には、二匹のグリフォンがいた。

グリおじさんにそっくりだが、どこか威厳のようなものが欠けている。

目つきはグリおじさんの方が凶悪だ。

その羽根や獣毛は酷く乱れており、ところどころ擦り切れていた。焦げたような部分があるのは、グリおじさんが放った魔法の仕業だろうか。

全体的に土で汚れており、全身ボロボロだった。

〈使う魔法は氷と闇か。確か得意な兄妹がおったな。あやつらか〉

ボロボロの身体ながらも、グリフォンたちの瞳にだけは強い光が宿っていた。

その四つの瞳からは、強い恨みが感じられた。

〈恩を忘れ、我を殺しに来たのか？〉

グリおじさんの言葉に反応するように、氷の刃が飛ぶ。

グリおじさん目掛けて飛ぶそれを処理したのは、青い魔狼だ。グリおじさんの前に飛び出すと、軽々とその口で受け止めて噛み砕いてしまった。

赤い魔狼も同時に飛び出していた。

そのまま二匹のグリフォンに走り寄ると、飛び掛かり、後ろ足で軽く蹴る。

キュウウウ！　というグリフォンの悲鳴と共に、肉の焦げる匂いが辺り一面に立ち込めた。赤い魔狼がグリフォンたちの背を焼いたのだ。

一匹のグリフォンの背後から影が触手のように伸び、赤い魔狼を捕まえようとするが、さらに前足で翼を押さえつけて焼くと、激痛で制御ができなくなり、その影の触手も消えた。

グリフォンたちはこの場から逃げ出そうと動く。

だが、その動きを予測していたかのように、氷の壁が現れて二匹を弾き飛ばした。弾き飛ばされたグリフォンたちは、転がっていた一台の馬車にぶつかり、盛大に破片を撒き散らした。

青い魔狼が防御、赤い魔狼が攻撃、そしてグリおじさんが睨みを利かせて不測の事態に備えている。

二匹のグリフォンには、逃げ場も攻撃の手立てもなかった。

〈終わりだな。多少は縁があった相手だ。苦しまないように始末をつけてやる〉

暗雲。

そうとしか見えない物体が突如、二匹のグリフォンの上に現れた。

〈鉄の粉の雲だ。浮いているだけに見えるが、その内部では鉄の粉が目に見えぬ速さで動いておる。触れれば幾億もの針のようにその身を貫き、鑢のように削るぞ。これに雷を重ねる〉

暗雲に重なるように光の球が生まれた。

バチバチと、嫌な音が響いている。

〈土と雷の複合魔法『神の裁き』だ。新魔法だぞ。鉄の粉で瞬く間に砕かれた身体は、同時に雷に焼かれ、影すら残さず消滅する。痛いと思う間すらなく、この世から消えるがいい。小僧が周りに被害を出すと怒るからな。この球の範囲以外には被害が出ないように考えて作ったのだぞ！　我の優秀さを思い知るがいい！　ふふふふふふ……〉

グリおじさんが嗜虐的な笑みを浮かべると、二匹のグリフォンはその身を縮め、身体を寄せ合った。

その目はいまだ反抗的なものの、恐怖の色が浮かんでいる。

今の状況でどちらが悪人に見えるかと言われれば、グリおじさんだろう。

あまりに凶悪な魔法に、グリフォンたちどころか、ロアも望郷も顔色を青くしていた。

〈貴様らの稚拙な魔法で身を守ってみよ。我の魔法に抵抗するのだ。もし耐えきれたなら、我が配

下に加わる名誉くらいは与えてやるぞ。数秒、命を長らえる代わりに、痛みと恐怖が増えるだけだとは思うがな！　いくぞ！〉

「待って！」

グリおじさんの頭の羽根が引っ張られた。

「人がいる」

引っ張ったのはロアだ。

容赦なく羽根を引っ張られ、グリおじさんは不満の目をロアに向けた。その姿に、なぜかグリフォンたちが目を丸くして驚いていた。

二匹のグリフォンが弾き飛ばされて壊した馬車の陰から、這い出す人間がいた。調査団の兵士の一人だ。馬車の中で眠っていたか、逃げ遅れたのだろう。

グリおじさんが魔法を放てば、巻き込まれる位置だ。

〈そんなもの、いるやつが悪い。やつらを逃せばまた襲ってくるぞ〉

「別の魔法で」

〈やつらは弱いとはいえグリフォンなのだぞ？　中途半端な魔法では倒しきれず、手負いとなるだけだ〉

「言い争ってる場合じゃないだろ！」

ディートリヒの声が飛んだ時、動いたのはグリフォンの一匹だった。

影の触手が這い出そうとしている兵士へと伸び、その身体を搦め捕る。グリフォンたちは、ロアとグリおじさんの言い争いの内容を理解して行動したのだ。

「あ！」

望郷の誰かが叫んだが、もう遅い。とっさに赤い魔狼が襲い掛かったものの、影の触手が搦め捕った兵士をその前に突き出したため、攻撃はできなかった。

ヒューイと、二匹のグリフォンが鳴く。

〈……人質とは卑怯な……〉

グリおじさんは、気に食わないとばかりに睨みつけた。

〈仕方がない。人質もろとも消し去ってやろう。なに、証拠一つ残さず……〉

「ダメだからね！　絶対に許さない！」

グリおじさんの首元の羽根をむしり取る勢いで、ロアが引っ張った。

二匹のグリフォンが少し後ずさった。

なぜか、その驚いた目はロアに向いていた。

〈まだ最後まで言っておらぬぞ!?　証拠が残らなければ、誰が殺したかなど分からぬのだぞ？　幸い、今なら目撃者は小僧と寝坊助共しかおらぬのだ！　小僧の責任にはならぬ。気になるなら、目をつぶっておるがいい。一瞬で終わる！〉

「バカ言ってないで、あのグリフォンたちを拘束しろ！　逃げ……あっ!!」

ロアとグリおじさんの傍らまで駆け寄ってきたディートリヒが、間の抜けた声を上げた。

羽音が響く。

それはグリフォンたちが飛び立った音だった。

二匹のグリフォンのうちの一匹が、その前足にしっかりと兵士を握り、グリおじさんの方向に差し出していた。攻撃すれば盾にするつもりなのだろう。

一瞬の時間さえあればグリフォンは兵士を握り潰せる。その状況になっている所為で、双子の魔狼も手が出せない。

〈逃げるか！　卑怯者！〉

グリおじさんも攻撃をしない。

ロアが両手で羽根を掴み、引っ張っているため、自制しているのだった。

二匹のグリフォンの姿は見る見る間に小さくなっていく。そして、城塞迷宮（シタデルダンジョン）の方向に消えていった……。

〈……小僧……〉

「なに？　グリおじさん。オレは止めたことは謝らないからね」

止めたことに文句を言われると思い、ロアは先制して睨みつけた。

だが、予想に反してグリおじさんは口元を緩めて笑った。

〈ははは！　これで、我が古巣に行く理由が出来たな！　さあ、囚（とら）われた兵士を助けに行くぞ！

急げ！〉

「!?」

〈何を戸惑っておる？　小僧がなりたい冒険者とは、こういう時は助けに行くものなのだろう？　この道中、単なる同行者でしかない虫けら共や暴走令嬢たちを守ろうとしていたのだ。たとえその中の一匹だとしても、当然助けに行くのだろう？〉

ロアは唇を噛み締める。

グリおじさんの言っていることは理解できる。グリおじさんはロアの望みをよく分かっている。こういう時に、助けに行かないという選択はしたくない。

しかし、自分が行くと言えば、きっとディートリヒは付いてくると言うだろう。ロアを心配して、こんな所までやって来てくれたのだ。間違いなく、一緒に行くと言うだろう。

そうなれば、必然的に望郷全員が巻き添えだ。ロアの拘り（こだわり）に、望郷を巻き込むわけにはいかない。

ディートリヒへと目をやる。

ディートリヒは困った表情のロアと目が合うと、満面の笑みで頷いた。

その笑顔で、ロアはディートリヒがすでに決断していると悟った。ロアが行かないと言ったところで、彼は助けに行こうとするに違いない。そういう男だ。

自分なんかのために城塞迷宮（シタデルダンジョン）まで来てくれるぐらいなのだから、間違いない。

それならばと、ロアは心を決めた。

「……行こう！」

〈ふふふふ、それでこそ、小僧だ！　ハハハハハハッ!!〉

グリおじさんの高笑いが星空に溶けていく。

その背後でクリストフがガックリと肩を落としていた。

「……何とか行かずに済むように誘導できたと思ったのに……何でこんなことに」

〈日頃の行いであろうな！〉

能天気なグリおじさんの発言にクリストフは崩れ落ち、両手を地面について項垂れたのだった。

コルネリアは苦笑いを浮かべている。

兵士がさらわれた時点で、こういう展開になる可能性に気付いていたのだろう。諦めの表情だ。

ベルンハルトは先ほどの魔法を考察しているのか、一人明後日の方向を見てブツブツと何かを呟いていた。

そして双子の魔狼は、冷めた表情でグリおじさんを見つめているのだった……。


「何が起こったんだ!!」

ジョエルは事態を把握しようと大声を上げた。

突如降り注いだ雪、そしてその後の爆発。

轟音に思考を奪われ強風に転がされ、ボロボロだ。

全身が土に汚れ、飛散した物で傷ついていた。

彼は役に立たないアイリーンに代わり、男性騎士で一番地位が高かったこともあって、実質、城塞迷宮（シタデルダンジョン）調査団の取りまとめをしている。情報は最優先に彼の下に届くように組織を組み替えていた。

しかし、兵士たちは気絶するか逃げ回るかするばかりで、誰も彼の求める答えを告げなかった。

兵士たちの悲鳴から、辛うじて何かが落下してきたことは把握できたが、その正体は分からない。

悲鳴の中には「グリフォンが襲ってきた！」という叫びも交ざっていたが、恐怖に駆られた人間の言葉を鵜呑（うの）みにするわけにはいかなかった。

「ロア殿!!」

まだ粉塵が舞っている中、ジョエルはロアと望郷の姿を見つけた。

何か事件が起こり、それが既に収まったなら、彼らが何らかの対処をしたということだろう。この城塞迷宮（シタデルダンジョン）という場所で何かができる力を持つ者は、彼らしかいない。

そう確信して、他には目もくれずに駆け寄った。一度はロアに「殿」という敬称はやめて欲しいと言われて「ロアくん」と呼んでいたが、頼りたい気持ちから自然と「ロア殿」と呼んでしまっていた。

「ジョエルさん……」

ジョエルに気付いた瞬間、ロアは申し訳なさそうな表情になった。

「すみません、一人さらわれてしまいました」

そう言って、ロアは頭を下げる。

事態の分かっていないジョエルは混乱するが、とにかく話を聞かないわけにはいかない。

「その、何が起こったのですか⁉　先ほどの爆発は⁉　また魔獣に襲撃されたのですか⁉　さらわれたとは⁉　何が襲ってきたのです！！？」

矢継ぎ早に質問を投げかける。不躾過ぎるが、把握するために言わずにいられなかった。

その勢いに驚き、ロアは口ごもった。

「おっさん！　そんな質問ばっかされたら、ロアだって何から答えたらいいか分からないだろ。落ち着け」

横からディートリヒが口を挟んだ。

ジョエルは口を挟まれたことよりも、自分とたいして年が変わらないように見えるディートリヒに「おっさん」と言われたことに苛立ち、睨みつけた。

突然現れてロアを仲間だと言い出し、さらにジョエルたちを疑うようなことを言った望郷のメンバーに、ジョエルは不信感を持っていた。確かに一度命を救われたが、それとこれとは別の話だ。

「貴殿は！」

「まあまあ、焦る気持ちは分かる。状況を把握したいんだよな？　城塞迷宮(シタデルダンジョン)のグリフォンが襲ってきた。氷魔法で巨大な氷塊を落とされ、ロアの陰険グリフォンが防いだ。その結果がさっきの雪だ。

ここまではいいか？」

〈誰が陰険だ!!〉

グリおじさんが叫んだが、話が進まなくなるのでディートリヒは無視する。どうせその声はジョエルには聞こえていない。

双子の魔狼もディートリヒに非難の視線を向ける。こちらは、自分たちが防いだのにグリおじさんの手柄のように言われたためだ。

ディートリヒは双子が防いだと言うと、さらにジョエルの質問が増えると考えて、納得してもらいやすいグリおじさんの手柄ということにしたのだ。不満げな双子に内心で謝りながら、その視線も無視する。

「グリフォンが？　先ほどの爆発もグリフォンの攻撃なのですか？」

ジョエルは驚きに目を見開き、息を呑みながらも、質問を続けた。

「あれは……考えなしのバカグリフォンが、攻撃してきたグリフォンを空から引きずり落とした衝撃だ」

〈バカとはなんだバカとは！　バカというやつがバカなのだぞ!!〉

ディートリヒに今にも飛び掛かりそうなグリおじさんの首に手を当て、ロアは抑えた。ディートリヒがグリおじさんの悪口を言っているのは、酷い目に遭った当てつけだろう。日頃の恨みもある。

ジョエルが目の前にいる状況なら、ロアが抑えると分かって言っているのだ。

そういうことをやるディートリヒも、いちいち反論するグリおじさんも子供っぽいと、ロアはやっと表情を緩めた。

そんなロアを見て、ディートリヒも口元にわずかな笑みを浮かべた。

「その、つまり、城塞迷宮（シタデルダンジョン）のグリフォンに、そちらのグリフォン……殿が勝ったということなのか？　撃退したと？」

「まあ、そういうことなんだが、間抜けなグリフォンが下手を打ってな、逃げられて兵士が一人さらわれた。ロアとその兵士を助けに行こうと相談していたところだ」

「なっ！！？」

ディートリヒの言葉に、ジョエルは驚きの表情を強めて、さらに目を見開いて口をぽっかりと開けた。ありえないと、全身で語っていた。

それも当然だ。助けに行くということは、グリフォンの巣である城塞迷宮（シタデルダンジョン）の本体に行くということである。周囲の平原にいるだけでも、何度も命の危険に晒されているのに、生きて帰れるとは思えない。

死地中の死地だ。

たった一人の兵士の、同じ調査団に参加していたというだけの者のために、そんな場所へ向かうとは、酔狂（すいきょう）を通り越して無謀なバカでしかない。民を守り、民のために死ぬのを信条としている騎士のジョエルであっても、考えられないことだ。

他人のために己の命を捧げるなど、それは……。

「聖人(せいじん)……」

ポツリと、漏らす。

ジョエルの頭にその言葉が浮かんだ途端、何かが噛み合った気がした。

ロアは何度となくジョエルたち調査団の命を救い、なおも一人の兵士を助けに向かおうとしている。

これを聖人の所業と言わずに何と言えようか。グリフォンと二匹の魔狼を従えた、高貴なる魂を持つ存在だ。

伝説にある最初の勇者と賢者も魔獣を従えていたという。その記憶とロアの姿が重なった。

神と同等に扱われる者たち。歴史上、最も敬愛(けいあい)すべき存在。それらと同じではないのか？

ロアを見つめる瞳に、崇拝の光が宿り出す。

「……切り捨ててください……」

ジョエルの口から、自然とそのような言葉が漏れていた。

「ロア殿が行く必要はありません！　貴方のような人が、一人の兵のために命を捨てる必要はありません!!　実力もあり、未来もある。国にとっても、大きな損失に……」

懇願するように、ジョエルは両の手でロアの手を包み込んだ。

ロアを失うわけにはいかないと、説得するための言葉が口から溢れ出す。

「無謀な真似はおやめください。我々は所詮、軍からはみ出して死地に送り込まれるような者たちなのです！　貴方ほどの方が命を懸ける価値はありません。命を大事にしてください！」

必死な様子のジョエルに、ロアは何と答えていいのか分からなかった。困惑して望郷のメンバーを見るが、誰も助けてくれる様子はない。

彼らは、ロアが尊敬されている姿を見るのは満更でもないらしい。

そもそもロアは自己評価が低過ぎる。自分が尊敬に値すると思い知って、丁度いいくらいだ。自己評価を改善させる良い機会だろう。

〈何だ、この騎士は、我らがあんなヒヨコたちに負けるとでも思っているのか？　勘違いも甚だしい。屈辱だな〉

グリおじさんが、ロアの肩越しにジョエルを睨みつける。

しかし、ジョエルはその視線にまったく気付かず、自分の世界に入ってしまっているようだった。

「その……死にに行くつもりはありません。無理だと思ったら、諦めますから」

「しかし!!　危険過ぎます!!」

はらはらと、ジョエルの目から涙が溢れ始める。

ロアは逃げ出したい衝動に駆られるも、ジョエルが手を握っている所為で逃げられない。騎士だけあって、彼の握力は強く、ロアを逃がさない。

それからしばらく、ジョエルの泣き落としに近い説得が続いたのだった。

……もちろん、弱々しく見えても頑固者のロアが、その程度の説得で一度決めたことを変えることはなかった。


アイリーンはゆっくりと目を覚ました。

漆黒の闇。横たわっている自分の身体の上に、何かが覆い被さっている。

毛布かと思ったが、冷たく硬い布のような感触で重い。自分の記憶を探り、その手触りが天幕に使われている帆布(はんぷ)だとやっと思い至った。

天幕が倒れ、覆い被さっているのだろう。しかし、何があってそんなことになったのか？

「何が……」

呟いたところで、彼女は周囲から聞こえる異様な物音に気が付いた。

走り回る足音、人の叫び声、馬の嘶き。

「ああ……」

アイリーンは、一度自分が目を覚ましたことを思い出した。

確かものすごい音が聞こえて飛び起きたはずだ。その直後に強い衝撃を受けて、気を失ったのだった。

あの音は何だったのだろう？　衝撃は？

「アイリーン様！」

悲痛な声が聞こえ、それと同時に覆い被さっている布が剥がされた。

埃っぽい空気が流れ込み、視界が開ける。魔法の光が灯っているらしく、目が眩んだ。

「ご無事ですか!? お怪我は？」

声の主はイヴリンだ。いつもなら騎士然としている気の強そうな整った顔を心配に歪め、どこか可愛らしかった。

「大丈夫よ。何があったの？」

「魔獣の襲撃のようです。突然何かが空から落ち、地鳴りと共に強い風と砂塵を撒き散らしました。その衝撃で天幕が崩れたようです」

そう言い終わると、イヴリンはアイリーンに抱きついた。

本来なら、許されない行為だ。だが優しい抱擁をアイリーンは受け入れ、微笑みを浮かべた。

今の彼女は戦闘薬が効いていた。命懸けの場所にいることで、不安に押し潰されそうになり、寝る前に口にしたのだ。

その効果のおかげで、恐怖は薄まっている。心配してくれた部下のために微笑みを浮かべるくらい容易い。

「ご無事で良かった」

イヴリンの小さな呟きを耳元で聞きながら、アイリーンは心地よさを感じていた。

アイリーンとイヴリンの関係は、瑠璃唐草騎士団の団長と団員。しかし、それだけではない。

私事（プライベート）では、姉妹の関係に近い。

イヴリンがしっかり者の過保護な姉で、アイリーンが可憐な妹である。騎士団立ち上げ時からの関係であり、他の団員たちより繋がりは強かった。

抱き合っていた腕を緩め、お互いの顔を見つめる。

「……何て顔をしているのですか……」

アイリーンは、イヴリンの今にも泣き出しそうな顔を見て笑った。

「しかし」

「貴方もお菓子を食べる？　気分が落ち着くわよ。イヴリンにはいつも冷静でいて欲しいの」

主人公の傍らに控えている者は、いつも冷静でいないといけない。たまに道化者が割り当てられることもあるが、アイリーンが好きな物語には似つかわしくなかった。

有能な者たちが互いに支え合うからこそ、主人公がさらに美しく引き立つのだ。

「あのお菓子は、私には勿体のうございます」

イヴリンはやんわりと戦闘薬（おかし）を拒んだ。

彼女はあまり好きではないらしい。いつも、よほどの事情がない限り口にしようとしない。

幸せな気分になれるのに……と、アイリーンは少しだけ眉をひそめた。

イヴリンは入手担当なので、あれの価値の高さをよく知っているのだ。だからこそ、遠慮しているのだろう。

「そう、必要なら好きに口にしていいのよ」

あまり強引に勧めても嫌われるかもしれないと、アイリーンはそう言うに留めた。

「お気遣いありがとうございます」

「他の団員たちは大丈夫だったのかしら？」

「はい、問題ありません。分かれてこの場と馬車の守りについています。ここは危険です。馬車は無傷ですので移りましょう」

イヴリンはあっさりと答えた。

彼女たちの言う「団員」とは瑠璃唐草（ネモフィラ）騎士団の女騎士たちのことだ。

城塞迷宮（シタデルダンジョン）調査団は、死者こそ出ていないが多くの負傷者が出ていた。彼女は確認すらしていないが、周囲の様子から一目瞭然だ。

しかし、調査団の団長でもあるアイリーンは気にも留めていない。兵士たちのことは眼中になく、いてもいなくても問題ない存在だった。物語の群衆（モブ）か、背景くらいにしか考えていない。

自分の仲間さえ無事ならそれで良かった。

「じゃあ、馬車に移ろうかしら」

「はい」

そう言うと、二人はアイリーン専用の馬車へと向かった。

襲ってきた魔獣がどうなったか、その後の処理をどうするかなどまったく気にすることもなく。

夜が明ける。

幸いなことに調査団に死者は出なかった。ケガ人はいたが、ロアが提供した治癒魔法薬のおかげで全快していた。グリフォンにさらわれた兵士以外は、人的被害がなかったと言ってもいい。

ただ、彼らは酷く怯えており、何か物音がする度に、顔色を悪くして空を見上げる癖がついてしまっていた。

ほとんどの者たちは襲ってきたグリフォンの姿すら目にしていないが、度重なる心労と突然の出来事で、完全に心を折られてしまったらしい。

もう兵士としては役に立たないだろう。

物的被害も多い。グリフォンたちの落下地点近くに配置されていた馬車は横転し、使い物にならない状態だ。

衝撃で飛散した石などで壊れた物も多く、無事な部品を寄せ集めて修理する必要があるだろう。

ここでもまた馬車の数を減らすことになるのは間違いない。

ウサギの森と合わせて、すでに最初の半数以上の馬車が使い物にならなくなっており、人どころか物資の輸送も難しい状況だ。

城塞迷宮(シタデルダンジョン)調査団は、これ以上の活動は不可能となっていた。

とんでもない状況ではあったが、グリフォンの存在を確認したことで、調査団の目的は達成できた。もう、これ以上進む必要もない。

不幸中の幸いと言っていいだろう。

まだこの調査団(アイリーン)の団長の指示は出ていないが、誰の目から見てもこのまま引き返す選択をするしかない状態だった。

〈さあ！　行くぞ!!　出発だ！〉

そんな中、一人……いや、一匹だけやたら元気な者がいる。

グリおじさんだ。

グリフォンたちにさらわれた兵士の救出という、城塞迷宮(シタデルダンジョン)行きの大義名分(たいぎめいぶん)が出来て上機嫌だった。

機嫌良く動き回るグリおじさんに怯えて、必死で距離を取ろうとしている兵士たちの姿が、滑稽ですらあった。

「……なんでこうなった？」

クリストフはまだ納得がいっていないようで、ブツブツと呟いていた。

彼にしてみれば、グリおじさんに半ば脅しのような忠告までして、危険の多い中心部まで行くのを諦めさせた矢先の出来事である。

納得いくはずがない。

「都合が良過ぎる。全部陰険グリフォン(グリおじさん)の仕込みじゃないよな？　オレたちをあそこに連れて行きたくて、他のグリフォンに協力させたとか、ないよな？　ハメられてないよな？」

不穏な発言までしているが、上機嫌のグリおじさんの耳には届いていないようだ。

実のところ、クリストフの言うようなことは、ロアもちょっと考えた。

ウサギの森での襲撃という、自作自演に近い襲撃の前例もあるのだ。どうしても疑ってしまう。

それに、ロアの直感では、グリおじさんが何かを企んでいる気配があるのだ。

だが、昨夜のグリフォンの襲撃時のグリおじさんの態度に、嘘はなかった。氷塊が落ちてきた時は、本当に慌てていた。そうでなければ、他の者に聞かれかねないところで、怒りに任せて詠唱をすることもなかっただろう。あの襲撃は間違いなく本当で、グリフォンたちは命を狙ってきたのだ。

信じていいと、ロアは思う。

「……グリおじさん、信じてるからね？」

〈おお！　任せよ！　彼の地で小僧たちを鍛えてやろう！　練習相手は山ほどいるからな！〉

グリおじさんの斜め上の返答に、ロアは苦笑いを浮かべるしかできなかった。

グリおじさんが城塞迷宮に行きたがっていたのは、ロアと双子、そして望郷を鍛えるためらしい。

確かに、魔獣がひしめき合っているという噂の城塞迷宮に入れば、嫌でも鍛えられるだろうが、訓練場扱いするのは間違っている。

「本当に、行かれるのですか？」

ロアたちに声を掛けてきたのはジョエルだ。

実質的に調査団を仕切っているだけあって、彼に怯えた様子はない。ただ、昨日の涙の説得の所為で、いまだに目が赤い。

「あれからさらに考えたのですが……さらわれた者はもう、食われてしまっているのでは……？　助けに行くだけ無駄足ではないでしょうか？」

昨夜はロアの説得を諦めたはずなのに、また説得しようとしてくる。

〈鬱陶しいやつだな、この狂信者は。やつらはしっかり「人質を取った」と言っていたのだぞ。それに「救いたければ追ってこい」ともな。うっかり殺してしまうことはあるかもしれんが、生きている可能性は高い〉

グリおじさんは、崇拝するような視線から、ジョエルのことをロアの狂信者認定したらしい。ジョエルの言葉をグリおじさんは否定した。

あの時、グリおじさんは二匹のグリフォンと会話をしていた。ロアは双子の魔狼にも確認してみたが、大きく頷いてそういう会話があったことを認めていた。

魔獣の『声』は人間には聞こえないが、知能の高い魔獣同士であれば会話可能だ。当然ながら、あの場にいた双子たちは話を聞いていたことになる。グリおじさんの言葉だけでは怪しいが、双子が言うなら間違いないだろう。

「行くだけ行って、無理だと思ったら引き返してきます。オレたちも、自分の命の方が大事ですから」

ロアの返答に、ジョエルは渋い顔を作った。まだ何か言いたそうにしているのを感じて、ロアは付き合いきれないとばかりに目を逸らした。

〈寝坊助。信者仲間として、こいつに何か言ってやれ！　小僧に付きまとわせるな。目障りだ！〉

グリおじさんが、翼の先でディートリヒをジョエルの方に向かって押し出した。

「何だよ、信者仲間って？」

〈違うのか？　信者でもなければ、こんなところにまで付きまとって来ないであろう？〉

「それは……守るべき仲間だから……」

そう答えつつも、ディートリヒは口ごもる。どことなく、自分でも思い当たる節があるのだろう。

〈どちらかというと、信者というよりは餌付けされた犬っころのようだがな！　配慮して信者という言葉を使ってやったのだ！　感謝するが良い！〉

「うるせえよ！　自分のことを棚に上げてんじゃねぇよ！　本気で餌付けされてるやつが何言ってんだ！」

〈我は餌付けなどされておらんぞ？　契約者が従魔の生活の面倒を見るのは当然であろう。契約による正当な報酬だ。寝坊助のように何の理由もなく家に上がり込み、食事をたかるのとは違うのだ〉

ふふんと鼻でディートリヒを嘲笑う。

正当なことを言っているように見えて、実際は生活の全てをロアに依存していると豪語しているのだが、本人はまったく気にしていないようだ。むしろ自慢げだった。

「てめぇ！　討伐すっぞ!!」

〈ははは！　高度な冗談を言えるようになったではないか。だが、我も忙しいのだ。弱者とじゃれ合う時間はない〉

「誰が弱者だよ！」

〈小僧に付きまとうしかできぬ道化者が吠えるな。食後の腹ごなしに相手してやるから、夜まで大人しく待つがいい〉

「ぶっ殺す!!」

嘴と鼻先を突き合わせ、グリおじさんとディートリヒは睨み合った。

互いに凶悪な笑みを浮かべ、剣呑な空気が周囲に溢れた。

「まあまあ。二人とも落ち着いて。ジョエルさんが困ってますよ」

そこに声を掛けたのはロアだった。

どう見ても一触即発、すぐにも戦闘が始まりそうな雰囲気だったが、ロアは笑顔だ。

ロアにとってはこの二人のやり取りは、比較的見慣れたものだった。おかげで「相変わらず仲がいいなぁ」くらいの感想しか持っていない。

「ひっ……」

なぜか話の矛先を向けられたジョエルは、息を呑んで身を縮めた。

ジョエルにグリおじさんの声は聞こえない。

そのため、突然ディートリヒが切れた様子で大声を上げて、グリおじさんとケンカを始めたようにしか見えなかった。

グリおじさんをいいように扱うロアにも驚いたが、グリフォンにケンカ腰で突っかかっていく男がいることも恐怖でしかない。今にも始まりそうな戦闘を前に、必死で気配を消していたところだった。

ロアの言葉を切っ掛けにして向けられたグリおじさんとディートリヒの不穏な視線に、彼は顔を真っ青にする。無言で首を千切れるくらい横に振って、自分は無関係だと主張した。

白けた空気が流れる。

「チッ……」

〈つまらぬ〉

水を差されたディートリヒとグリおじさんは一度目を合わせ、すぐに目を逸らすと鼻息荒く離れていった。

「……それじゃ、行こうか！」

ロアの音頭で望郷の他のメンバーも動き出す。

グリおじさんとディートリヒの剣幕に負けたジョエルは、もう引き留めることはなかった。

出発の準備はすでに整っている。馬車では時間がかかり過ぎるため、馬での移動だ。望郷の馬車を引いていた二頭の馬も軽くケガをしていたが、治癒魔法薬で治療したので問題はなかった。

ロアは双子の背に乗せてもらうので、望郷のメンバーは二頭の馬に分かれて二人乗りをすればいい。

馬車用の大柄な馬だし、ロアの魔法薬で体力を底上げできるので、二人乗りで駆けても不都合はないだろう。

〈行くぞ〉

グリおじさんはすでに先に進もうとしていた。逸（はや）る気持ちを抑えられないのだろう。

城塞迷宮（シタデルダンジョン）までは、歩兵を連れてだと二日ほどかかっただろうが、馬なら半日もあれば到着できる。着けば戦闘に次ぐ戦闘になるに違いない。

幾重にも重なる城壁と中心部の塔のような建物。遠くに見えるそれを見つめると、ロアは気合を入れた。

第十五話　平原の戦い

出発後、しばらくは順調だった。

視界の開けた平原のため、馬も楽しそうに走っている。ディートリヒとクリストフ、コルネリアとベルンハルトがそれぞれに二人乗りをしているが、馬の負担にはなっていないようだ。

清浄結界の魔道具を使っているおかげで不死者たちも近寄ってこない。普通の魔獣も、グリおじさんの気配に臆して姿すら見せなかった。おかげで何の障害もなく馬を走らせることができた。

「あれ？」

突然声を上げたのは、ロアだった。

「グリおじさん、ひょっとして何かいる？」

走る赤い魔狼の背の上で、ロアは不思議そうに首を傾げる。言ってみたものの、確信はないらしい。グリおじさんはその姿を見て、満足そうに頷いた。

〈誰が一番に気付くかと思っていたが、小僧だったか。いるぞ。大昔からこの場には、倒し甲斐があるやつがいる〉

その発言で、全員がグリおじさんに注目した。

馬を走らせる騒音の中でも、グリおじさんの声はしっかりと聞こえる。視認できる範囲なら、距離もあまり関係ない。

「なに!?　そういうことは早く言ってくれ！　皆止まってくれ！」

真っ先に反応したのがクリストフだ。彼は手綱をディートリヒに任せ、移動中もずっと索敵を行っていたのだった。

クリストフの叫びに、皆は馬を止めようとした。しかし……。

〈もう遅いぞ。小僧が気付いたとはいえ、遅過ぎだ。すでに標的として捕捉されておる〉

地面が揺れ始める。

急な揺れに馬たちが暴れ始めたが、望郷のメンバーは、振り落とされる前に自分から飛び降りた。

「なっ、何だよ！」

手綱を引いて馬をなだめながら、ディートリヒはグリおじさんに非難の視線を向けた。得体の知れない何かが近くにいる。分かっていることはそれだけだ。

〈自称ベテラン冒険者たちが先に気付くと思っておったのだがな。特に常に索敵をしている専門職のやつなど見逃すはずがないと思っておったからな。ちなみに双子はとっくに気付いておったぞ〉

「呑気に語ってんじゃねーぞ、陰険グリフォン！　何がいるのかさっさと教えろよ！」

〈うるさい、寝坊助。人間の世界では焦る男はモテぬと言うらしいぞ？　安心しろ。あれはいつも我が近づいただけで姿を現す。不意打ちする知能がないのだ。姿を現してからでも十分対処できるぞ〉

「そういう問題じゃないだろ！」

「ダメだ、何がいるか分からん！　オレには発見できない」

ディートリヒの叫びに重なるように、さらに慎重に索敵をしていたクリストフが弱音を吐いた。

〈まだ肉体を持っていない不死者（アンデッド）だからな。魔力の塊のようなものだ。物理的な索敵を得意としている者より、魔力の感知に長けた魔術師や錬金術師の方が発見しやすいだろう。まあ、もう少しすれば実体化するから、貴様の索敵にも引っ掛かる〉

「だから、そういうことは早く言ってくれって。オレが魔力を見分けたりできるわけないだろ」

明らかにからかっているグリおじさんの態度に苛立ちながらも、クリストフはガックリと肩を落として索敵を諦めた。

なおも地面は揺れ続ける。そして、数百メートル先の地面がひび割れ、盛り上がり始めた。

「出てくる！」

コルネリアの声と同時に、土を押しのけてそれは姿を現した。ゆっくりと立ち上がっていく。

人型をした巨体。濁(にご)った白色をした四肢(しし)がロアたちの目に入ってきた。

覆い被さっていた土が、重い音を立てながら零れ落ちていく。

「くそ！　デカいのが地中から出てくるのが流行(はや)ってるのかよ!!」

ヤケクソ気味のディートリヒが言ったのは、巨大なスライムのことだ。一カ月以上前にロアと従魔たちが倒したそれも、地中から現れた上に巨大だった。

〈巨大なものほど隠れる場所が限られるからな。当然の帰結であろう〉

「だから呑気に分析してんなよ！」

〈まだまだ距離はあいておるのだ。巨体であっても慌てる必要はないであろう。まったく、寝坊助は小心者で困る〉

「動く骸骨巨人(ギガントスケルトン)……」

呟いたのは誰だったろうか。その呟きの通り地中から姿を現したのは、巨大な動く骸骨(スケルトン)。

白色ながら禍々しい空気を放っている、ありえない大きさの人間の白骨。動く骸骨巨人(ギガントスケルトン)と呼ばれる不死者(アンデッド)の一種だった。

見上げるほど……と表現するのすらバカらしくなるほどの巨体だ。

〈十七……いや、十八メートルといったところか？　また育ったものだな〉

「育ったって？」

ロアは好奇心に任せて、グリおじさんに尋ねた。

巨大な魔獣の登場に恐怖するよりも、見たことがない存在への好奇心が勝っている。すぐ近くにグリおじさんと双子がいるという安心感もあるのだろう。目が輝いている。

〈やつは恨みの魂の寄せ集め。多くの動く骸骨(スケルトン)が時と共に人としての本能を失い、溶け合って作り出されたものだ。恨みが深くなればなるほど大きくなっていく〉

「あんな巨体……一体こんな場所で何を恨んでるっていうんだ？」

クリストフは口を大きく開けて、動く骸骨巨人(ギガントスケルトン)を見上げていた。

〈我であろうな！〉

あっさりと言うグリおじさんに、その場にいる全員が目を剥いた。

〈最初は数メートルしかなかったのだがな、魔法の標的にしたり、ヒヨコ共の鍛錬相手にしていたら段々と育っていったのだ。倒しても魔素が溜まれば復活してくるから使い減りせず、実に便利だったぞ。我はしばらくこの地に近づきもしなかったが、放置しても恨みは深まっていくものなの

だな。新発見だ!!〉

恨みというものは摩訶不思議(まかふしぎ)なものだ……と、独り言ちて頷いているグリおじさんに、全員の白けた目が向いていた。またコイツの所為かという目である。

全員が、もう何も言いたくないとばかりに、大きくため息をついた。

「……とにかく。あれを倒さないと先に進めないみたいだな」

「そうね」

「そうだな」

「……」

ディートリヒが諦めたように言い、他の望郷のメンバーも同意する。皆、諦めの表情だ。

「そこの四方八方(しほうはっぽう)に恨みを売りまくる迷惑グリフォンが、あれを倒してくれるなんてこ……」

〈貴様らの鍛錬の機会を奪う気はないぞ！　もちろん、双子の手伝いもないと思え〉

ディートリヒが言い切る前に、被せるようにグリおじさんが言った。動く骸骨巨人(ギガントスケルトン)討伐を手伝う気はないらしい。

〈安心しろ、死にそうになったら助けてやる〉

「ありがたくて涙が出るな」

クリストフは本当に泣きそうだった。

「さすがに私じゃあれの足止めは無理よ？　あの大きさじゃ、槍を投げても急所に届きそうにないし……」

「じゃあ、オレが！」

動く骸骨巨人（ギガントスケルトン）の巨大さに怯むコルネリアに反して、ロアは目を輝かせていた。

ロアは不死者（アンデッド）相手であれば無双（むそう）と言ってもいい。巨大な姿を見てもそれほどの恐怖は感じていないのだろう。

〈魔法薬と大規模な魔法は禁止だぞ。小僧がやると一発で終わりかねん。寝坊助共の鍛錬にならぬからな〉

「いや、魔法薬はともかく、魔法は無理だから」

〈何を言っておる。我と共有している魔力と、小僧の魔力操作の技術があれば、我にも劣らぬ魔法が放てるはずなのだぞ？　それなのに借りものだからなんだと言い訳して……〉

従魔契約して魔力を共有するようになって以来、グリおじさんはロアに、攻撃魔法の鍛錬も勧めていた。しかし、ロアはその魔力はグリおじさんからの借り物で、自分のものではないからと、あまり率先してやろうとはしなかった。

ロアは魔力操作と魔法式の組み立ては超一流である。あまりに平然とやってのけるためそうは見えないが、錬金術師の中でも抜きん出た能力を持っているはずだ。

そもそも、ロア以外の錬金術師であっても、下手な魔術師よりも技術的に長けており、魔力量さえ多ければ一流の魔術師にすぐなれると言われている者も多い。

魔力量が少ないことが、錬金術師の唯一の欠点なのだ。

もちろんロアも誰かの命の危険がある場合であれば、魔法を使うことを渋らないだろう。だが、グリおじさんたちと一緒に行動している以上は、その必要があるとは思えなかった。

「じゃあ……うん、でも、あれを使えば、足止めくらいはできるかなぁ……」

一人呟いてから、ロアは肩に掛けている魔法の鞄(マジックバッグ)の中身を漁り始める。すでに、魔法薬も魔法も使わない動く骸骨巨人(ギガントスケルトン)の足止め方法を考え付いたようだ。

その表情は楽しげで、まるで遊びの準備をしているようだった。

動く骸骨巨人(ギガントスケルトン)は完全に立ち上がり、ロアたちを見つめている。

その眼窩(がんか)に眼球はなく、ただの穴だ。暗い闇が淀(よど)んでいるに過ぎない。しかし、それは間違いなくロアたちを見ていた。

今にも巨体を動かして襲い掛かってきそうな、恨みの籠った視線。

それを感じて、望郷のメンバーたちの背筋に冷たいものが走った。

ぐおおおおおおおおおおおん。

動く骸骨巨人(ギガントスケルトン)が吠える。それは悲痛な叫びだ。

全身に響き渡り、全身の毛を逆立てていく。双子の魔狼は声の大きさに地面に身体を伏せ、両の前足で耳を押さえた。

叫びに呼応するように、空に暗雲が渦巻き始める。

今にも雨を吐き出しそうなそれは、動く骸骨巨人（ギガントスケルトン）の恨みの深さを表しているようだ。

〈来るぞ〉

グリおじさんがニヤリと笑う。

「とっ、とにかく!!　この陰険グリフォンから距離を取れ!!　あいつの恨みの対象はこいつだろ!!」

〈無駄であろうな。もう寝坊助たちも仲間として認識されておるぞ〉

「クソッ！　さっきの声で馬もビビッて動かねぇ！」

「馬は逃がしてやれ！　あとで回収する！」

「ちょっと、私、まだ武装が！」

「ベルンハルト！　何か魔法を……」

望郷のメンバーは珍しく慌てていた。彼らは本当に命の危機のある状況であれば、取り乱したりしない。

しかし、グリおじさんの監視の下で、最低限の命の保証をされている所為で、逆に冷静さを失っていた。ロアと従魔たちの放つ緩い雰囲気が、気を引き締めさせてくれないのだ。

〈急がないと何もできずに終わりだぞ〉

グリおじさんは完全に他人事だ。座り込んで嘴で自分の羽根を整えている。

「絶対、いつか泣かせてやるからな!!」

余裕のある笑みを浮かべているグリおじさんに、ディートリヒは吐き捨てるように言った。

「泣かすだけなら簡単なんだけどなぁ……でも、あとが大変だし。はい、これを動く骸骨巨人(ギガントスケルトン)の足元に投げてください」

グリおじさんと同じく、緩い雰囲気を保っているのは、人間ではロアだけだ。最悪の場合は、超位の治癒魔法薬を投げつければ終わると思っているのだろう。それまではグリおじさんの作った決め事(ルール)に従うつもりらしい。

ロアがディートリヒに差し出したのは、掌(てのひら)に乗るくらいの真ん丸な球だった。

「なっ、何だ?」

「足止めします。自分で投げたいんですけど、オレじゃそれほど遠くに投げられそうにないので、肩の強そうなディートリヒにお願いします。届く距離にあれが近づいてきたら、足元を狙って投げてくださいね」

「お、おう……」

わけも分からず、ディートリヒは球を受け取った。

球はブヨブヨとした感触をしており、中も柔らかいものが詰まっているらしい。ただ、ずっしりとした重みがあった。

ディートリヒは手触りを確かめているうちに、その物体が何なのか思い至った。蛙(かえる)だ。大蛙の皮を球状にして、その中に何かの液体を詰めたものだ。

「そろそろ届きませんか？」

「え？　おおう！」

手触りを確かめていて、動く骸骨巨人(ギガントスケルトン)の接近に気が付いていなかった。動く骸骨巨人(ギガントスケルトン)はゆっくりとした足取りで、ロアと望郷に近づいてきていた。

一足毎(ごと)に地面が揺れ、その巨体の重さを伝えてくる。

足取りは遅いが、その巨体故に歩幅が異常に大きく、数百メートルあった距離が見る見る詰まっていた。

「よっと」

ロアに促されるように、ディートリヒが球を動く骸骨巨人(ギガントスケルトン)の足元に投げる。球は地面に到達すると同時に弾けた。

「よし！」

予想通りの結果だったのだろう、ロアが喜びの声を上げる。

球が弾けると、中身が飛び散っていく。それはかなり粘りけのある液体らしく、動く骸骨巨人(ギガントスケルトン)の足へと絡み付いた。

「もっと投げてください」

「応(おう)っ！」

ロアが次々と球を渡してくるため、ディートリヒは休むことなく投げ続ける。

球の中から出てきたネバネバとした液体は、さらに動く骸骨巨人(ギガントスケルトン)の足に絡み付く。

動く骸骨巨人(ギガントスケルトン)は不快なその液体を剥がそうと足をせわしなく動かすが、強力な粘性を持つ液体は離れない。逆に地面にまで貼り付く結果となり、足の動きが鈍っていく。

「いいぞ！」

「すごい。あの巨体が止まるなんて……」

その頃にはロアの意図を察したのか、クリストフとコルネリアも感心した表情でその様子を眺めていた。

そして……。

轟音と共に、足を取られた動く骸骨巨人(ギガントスケルトン)は後ろに倒れた。

「これで最後です！」

ロアが最後の一個を手渡した時には、動く骸骨巨人(ギガントスケルトン)は、無残にも仰向けに倒れたまま起き上がれなくなっていた。

辛うじて首や腕は動くが、大地にネバネバの液体で貼り付けられた状態だ。ジタバタと動くものの、その度に液体は広がり、さらに動きを封じていった。

「粘着罠にかかったネズミみたい……ロア、あの液体は？」

無残な姿になった動く骸骨巨人(ギガントスケルトン)を見つめながら、コルネリアが聞く。

「スライムの素材が大量に手に入ったので、それを主にして、山車の木(ホイールツリー)の樹液を混ぜて他の素材で微調整したものですね。山車（ホイールツリー）の樹液で作った、ネズミ取り用の粘着剤の強力版みたいなものです。それを大蛙の皮に詰めて、投げやすいように球形にしました。硬いものに当たると弾けるように、大蛙の鞣（なめ）し方を調整するのが結構苦労したんですよ。それに……」

〈あれは厄介なのだ……一度貼り付いたら取れぬし、流体操作の魔法で剥がそうにも、スライム素材を使っている所為か操作しにくくてな。小僧が作った剥がし液もあるが、羽毛の脂（あぶら）まで剥がし取るし、臭いもきつくて何度洗っても不快で……〉

ロアが自慢げに語る途中から、グリおじさんがゲッソリとした様子で愚痴を呟き始める。

その声が耳に入っていないのか、ロアは自分の作ったものの解説を、動く骸骨巨人（ギガントスケルトン）に目を向けたまま上機嫌でコルネリアに語っていた。

〈本当に、使い切ってくれて良かった……〉

「え？」

愚痴よりもさらに小さなその呟きが聞こえていたのは、偶然近くにいたクリストフだけだった。

グリおじさんの弱気な表情に、クリストフは何かを察する。そっとグリおじさんに近づき、小声で囁いた。

「まさかと思うが、あれを使い切らせたくて、ロアとオレたちを動く骸骨巨人（ギガントスケルトン）と戦わせたなんてことは？」

〈……それだけというわけではないが……小僧に言うなよ。確かにそれも目的の一つだ。あれを塔

の中のような、狭い室内で使われた場合を想像してみよ〉

　クリストフはその時の被害を考えてみた。

　球が弾けると同時に辺り一帯に飛び散り、床だけではなく天井や壁まで汚染される。魔獣に当たっても、暴れて周囲に撒き散らすだろう。結果的に、自分たちまで巻き込まれて身動きが取れなくなるに違いない。

　そもそもほとんどの魔獣は、目的地へ向かう途中で、自分たちに迎撃するように進行方向に現れるのだ。向かう先があのネバネバだらけになってしまったら、進むこともできなくなるだろう。

　どう考えても、魔獣だけでなく自分たちまで最悪の状況になる未来しか見えなかった。剥がす液体はあるらしいが、それだってグリおじさんが言うには最悪なものらしい。

「じゃあ使わせなければいいだけじゃないか？」

〈そんなことできるか!!　小僧は貴様たちと行った森での出来事を反省し、生存率を上げるためにあれを作ったのだぞ!?〉

　ロアは城塞迷宮（シタデルダンジョン）行きが決まった日に、猟師の手法を戦いに生かすことを望郷に話していた。要するに罠などを使った、討伐ではなく狩りのための技術だ。

　冒険者としては完全に邪道（じゃどう）のやり口で、特にこの国では卑怯者扱いされるため、ロアが前にいた勇者パーティーでは、忌（い）み嫌われて禁じられていた方法だった。

　しかし、ロアは望郷のメンバーと出会った魔獣の森での事件を経験して、自分や仲間の命を守るために、手段を選んではいられないと反省したのである。

もちろん、ロア自身もそれなりの矜持があるため、もしもの時の非常手段のつもりだった。

ロアがそこまでの覚悟で作ったものを、グリおじさんは簡単には使用禁止にできなかったのだ。

〈それに、あれを作るのに何日かかったと思っておる？　出来た時の喜ぶ様を見ておったら使うなとは絶対に言えぬぞ？　魔獣相手の道具が完成すると、小僧は我で試すのだが、酷い目に遭うのが分かっていても我に断ることはできなかった……我に非情な選択はできぬのだ！〉

「……」

いや、非情を絵に描いたようなあんたが言うか？　とクリストフは思うが、そもそもグリおじさんの、ロアと双子に対してと望郷のメンバーに対しての扱いは天地ほども違う。比べる方が間違っている。

〈小僧にこの場で使い切らせるのが、唯一の逃げ道だったのだ！　本当に、我の思惑が当たって使い切ってくれて良かった……〉

「何か……あんたも苦労してるんだな……」

グリおじさんに同情する日が来るとは思っていなかった、クリストフだった。

クリストフは横目でロアに目を向ける。ロアは満足げに、まだネバネバ液についてコルネリアに語っており、こちらの密談に気付いている気配はなかった。

そして、クリストフはグリおじさんに同情しているが、その苦労のしわ寄せが全て自分たちに来ていることには気付いていない……。

「よし！　動きがかなり鈍ってきたな。そろそろトドメを刺すか！」

動く骸骨巨人（ギガントスケルトン）が現れた時の慌てぶりが嘘のように、自信満々にディートリヒが宣言する。

あれから小一時間が過ぎていた。

動く骸骨巨人（ギガントスケルトン）はネバネバの液に搦め捕られ、今はもうほとんど動かなくなっている。時々手足を激しく動かすものの、その度にさらに液が纏わり付いて、身動きできなくなっていった。

動く骸骨巨人（ギガントスケルトン）は魔力で動いている骨で、魔力が続く限り動きが鈍くなることはない。城塞迷宮（シタデルダンジョン）周辺のような魔素に満ちた場所であれば、無限に動き続けられる。

だが、ロアの作ったネバネバはそれに勝って拘束していた。

「じゃあ、俺も……」

ロアがナイフを取り出して参戦しようとするのを、ディートリヒが手で制した。

「最後くらい、オレたちに花を持たせてくれ。このままじゃ、いいところなしだ」

ロアが足止めどころか動きを完全に封じてくれたことで、この討伐は八割方終わったようなものだ。トドメを刺す以外の仕事は残っていない。

「でも……」

「ロアにばっかりやらせると、あいつの目が怖いんだよ……」

ディートリヒは顎でグリおじさんを指した。グリおじさんは、だらしなく寝転んでロアとディートリヒを見つめている。

これ以上ロアの手を借りると、望郷が本当に何もしていないように見えてしまう。それでは陰険グリフォン（グリおじさん）が納得しないだろう。今は口出しする気はないようだが、あとで何を言われるか分かったものではない。

それに、ほとんど動きが止まっているとはいえ、動く骸骨巨人（ギガントスケルトン）は完全に停止したわけではない。ロアの身のこなしでは、接近して攻撃するのは大ケガに繋がる可能性が高かった。ディートリヒとしては、できればロアは近づけたくない。

「……分かりました」

ディートリヒが気遣っている雰囲気が伝わったのか、渋々ながらロアも納得し、一歩下がったのだった。

「どうせすぐ終わるから安心してくれ。オレたちだって、この旅の間に色々学んだんだぞ。例えば、効果的な動く骸骨（スケルトン）の倒し方とかな！」

ディートリヒは、ミスリルの剣を抜く。

「それじゃ、どっちを担当する？」

コルネリアもやる気だ。すでに巨大な戦槌（ウォーハンマー）を手に持ち、準備は万全だ。ロアが初めて見る武器だったが、どこか見慣れた雰囲気があるものだった。

すでに動く骸骨巨人(ギガントスケルトン)が動きを止めているということもあり、コルネリアは小手だけを装備している。防御よりも動きやすさ重視だ。

「んーー。オレが首を斬るわ。剣では腰は砕きにくそうだからな」

「分かったわ」

「クリストフは引き続き周囲の警戒と、動く骸骨巨人(ギガントスケルトン)の全体の動きに注意しといてくれ。こんだけ大きいとさすがにオレたちも目が届かないからな」

「おーう」

「ベルンハルトは、援護を頼む」

「……」

ベルンハルトは小さく頷いた。

そこから、望郷による動く骸骨巨人(ギガントスケルトン)の一方的な討伐が始まった。蹂躙(じゅうりん)と言ってもいい。

ディートリヒとコルネリアは、ネバネバ液がない足場を探して器用に近づく。その足取りはしっかりしており、速さといい正確さといい、さすが歴戦の勇士だ。

その動きを見るだけで、ロアは自分が参加しても足手まといになっていただろうと理解した。

ディートリヒが頭側から近づき、コルネリアは足側から接近していく。

そして、一撃を加える。

まずは様子見なので、身体の末端、手の先と足先に軽く攻撃を仕掛けた。

「おっと」

その衝撃に反応したのか、動く骸骨巨人（ギガントスケルトン）が手をわずかだが動かした。難なくディートリヒはそれを避ける。避ける時もネバネバを踏みつけるようなヘマはしない。

「やっぱり硬いわね」

「そっちはハンマーだから何とかなるだろ？　オレの方は剣だぞ？　これは刃が立たないな」

動く骸骨巨人（ギガントスケルトン）は動く骸骨（スケルトン）ではあるが、その巨体を支えるに相応しい硬さがあった。普通の骨にしか見えないのに、斬りつけると岩よりも硬い手応えが伝わってきた。内包する魔力によって強化されているのだろう。

「仕方ない」

ディートリヒはミスリルの剣を鞘に納め、腰に吊るしているもう片方の剣を抜く。ミスリルの線が入った剣。こちらは魔法を纏わせるためのものだ。

「これなら、いけるだろ」

意識を集中する。剣をかまえると同時に軽く息を吸って吐く。狙う先は、動く骸骨巨人（ギガントスケルトン）の首だ。

〈魔法発動が遅過ぎる。集中しないと使えない時点で、実戦使用にはまだまだ遠いな。良くて相手の隙を突いた一発逆転の手段、相打ち覚悟の一撃か。無能だな……〉

グリおじさんの苦言も、集中しているディートリヒには聞こえない。

グリおじさんはすでに望郷と動く骸骨巨人（ギガントスケルトン）との戦いに興味を失っているようだ。もっとも、もう戦いと呼べるようなものではなく、一方的な攻撃でしかない。興味を失っても仕方がない状況だろう。

ディートリヒは剣に魔法が宿ると同時に飛び上がり、動く骸骨巨人(ギガントスケルトン)の首を斬りつけた。

剣が纏っているのは、ディートリヒが得意な風の魔法。

グリおじさんと同じなのが気に入らないが、残念ながら彼はこの魔法以外は有効な攻撃魔法を持っていない。ロアもよく使うので、ロアと同じだと考えることにしている。

剣は何の抵抗もなかったように振り抜かれ、動く骸骨巨人(ギガントスケルトン)の首を切断した。

「うわ！　剣にネバネバが!!」

動く骸骨巨人(ギガントスケルトン)の骨は一刀両断できたのに、ネバネバ液が付いてしまっていた。予想以上に、厄介な液体だ。

「剥がし液もありますし、火にも弱いので焼いたらすぐに落ちますよ」

「ベルンハルト！」

ロアの助言にディートリヒが一言叫ぶと、小さな火の玉が飛んできて、剣についたネバネバを焼き切った。ベルンハルトが火の玉(ファイアーボール)の魔法を飛ばしたのだ。一声で察して行動できるのはさすがだ。

首を斬ると同時に、動く骸骨巨人(ギガントスケルトン)の全身から力が抜けた。

不死者(アンデッド)である動く骸骨(スケルトン)は、首を斬ったからと言って消滅するわけではないが、人型であることの影響か、その魂の大本が人間のものである所為か、首を斬れば途端に動きが鈍るのだった。

これが、望郷がこの旅の間に動く骸骨(スケルトン)を倒し続けて発見した法則だった。

そして、見つけた法則はそれだけではない。

「じゃ、こっちもやっちゃうね！」

コルネリアが戦槌(ウォーハンマー)を振るう。

動く骸骨巨人(ギガントスケルトン)の腰骨へと打ち付けられた槌は、魔法を纏っているわけでもないのにあっさりと骨を砕いた。

「これで終わりね」

そのコルネリアの宣言通り、動く骸骨巨人(ギガントスケルトン)は完全に動きを止めたのだった。

動く骸骨(スケルトン)はある程度の形を保てなくなると崩れ落ち、再び身体を再構成して復活してくる。復活してくるのが厄介だが、それでも一時的に無力化できるのだ。

望郷のメンバーたちは、その崩れ落ちる条件をこの旅で見極めていた。

それは、人型の崩壊。

最初は適当に破壊していたが、段々と効率を考えるようになった。そしてどこを壊せばいいかを見つけ出した。

その結果、まずは頭と胴体を切り離せば動きが鈍る。そして、腰骨を崩せば人型を保てなくなって、動く骸骨(スケルトン)は崩れ落ちることが判明したのである。

こんなことを調べている余裕があったのは、清浄結界の魔道具と、ロアの魔法薬のおかげだ。

普通であれば、動く骸骨は一度倒しても復活する時に仲間を呼んで大量に押し寄せてくるため、悠長に検証している余裕などないのだから。

「おーい、陰険性悪グリフォン！　このデッカい動く骸骨はどれくらいで復活してくるんだ？」

ディートリヒは、動かなくなった動く骸骨巨人を剣で突いて、動かないのを確かめながら、大声で叫んだ。

〈早くて数日だな。必要な魔力が溜まるまでかなり時間がかかる〉

「じゃ、このまま放置でいいな。この巨体を浄化するのは魔法薬が勿体ない」

巨大な動く骸骨巨人を治癒魔法薬で浄化しようとすると、樽で準備しても足りないだろう。すぐに復活してこないならわざわざする必要もない。

「この骨、何かに使えないかな？」

ロアは顎に手を当てて考えていた。ミスリルの剣でも切れない素材だ。使い道があるなら持ち帰りたくなるだろう。

〈動く骸骨だからな、一度倒されて魔力が抜けると崩れ落ちるぞ。復活して実体を持つまでは塵のようなものだ。役に立たない〉

興味なげに、グリおじさんは寝そべったままロアに視線だけを向けた。

「じゃあ、無理か」

名残惜しそうにロアは骨を見つめた。それでも何かに使えないか考える。だが何も思いつかずに、少し間を置いてから吹っ切るように息を吐くと、ロアは望郷のメンバーへと目を向けた。

「それじゃ、粘着剤の処分だけして移動ですね」

ネバネバの粘着液の処理は絶対にロアがやらねばならない。そのまま放置すると、効力を失うまで数カ月という時間が必要だ。放置すれば、かなり迷惑な代物だった。

人が容易に立ち寄れる場所ではないが、どんな所でももしもがある。こういった罠などを使った後にちゃんと処分するのは、猟師だけでなく冒険者としても基本だ。

火に弱いので燃やし尽くし、燃えカスを地面に埋めることにした。

結局、動く骸骨巨人（ギガントスケルトン）を倒す作業よりも後処理の方が時間がかかり、気付けば日は傾いていた。

「仕方ない。ここで野営にするか」

状況を見て、ディートリヒは宣言した。

夕刻と言うには早いが、今から移動すると、目的地の城塞迷宮（シタデルダンジョン）中心部に到着するのは夜になってしまう。

夜は魔獣たちの時間だ。安全を考えて、それは避けたい。

それに、あっさりと戦闘は終わったとはいえ、後片付けを含めて疲労はしている。ディートリヒも珍しく魔法を使って万全ではない。野営して身体を休めるのが無難だろう。

かなり時間を無駄にすることになるが、焦って危険が増えるよりはいい。人質のことは気になるが、自分たちの命が最優先になるのは仕方がない。

ロアがいるおかげで、野営の準備は短時間で終わり、薄暗くなる前に食事の準備までが終了していた。

望郷のメンバーが呆れるほどの速さで、彼らも双子と手伝っていたものの、その手伝いがなくてもたいして時間は変わらなかっただろう。

食事も、相変わらずどんな場所でも温かい食事だ。

グリおじさんがいるおかげで魔獣は近寄らない。火も平気で焚くし、匂いの出る料理も平気で作る。むしろグリおじさんたちが、温かい食事が出ないと満足しないため、仕方なくやっている部分もある。

ロアは鹿の肉を焼いたものと、あっさりとしたスープをあっという間に作ってしまった。主食として、日持ちのする固焼きパンも添えてある。

「……明日の夜明けと同時に出発ということでいいな？」

食事をとりながら、明日からの予定を決めていく。ディートリヒの言葉を否定する者はおらず、全員が料理を食べながらも頷いて同意した。

「夜の見張りの順番はいつも通りで……」

〈貴様らは寝るのだぞ？〉

見張りの順番決めの時に、今まで黙って食事をとっていたグリおじさんが口を挟んだ。

「いや、前から言ってるが、見張りなしは不安なんだよ。あんたらだって、すぐに気付くと言っても寝てるんだろ？」

全員が寝てしまっている状態で野営するのが平気な人間は、ロアくらいだろう。ロアは、グリおじさんと双子の危険察知能力に絶対の信頼をおいているが、他の人間はそうはいかない。

どうしても誰かが見張っていないと不安だった。

〈寝ているぐらいで危険に気付けぬやつが無能なのだ。安心しろ、この程度の人数なら寝ていても完全に守ってやる〉

「……ぬかった！　って叫んでたやつがよく言うよな……」

ディートリヒが口を尖らせる。二匹のグリフォンたちに感知範囲外から襲撃され、グリおじさんが大慌てでそう叫んだ昨夜のことを持ち出して、言い返した。

〈あの時も貴様らは、気付くどころか全て終わった後でのこのこ現れたではないか。助かったのは双子のおかげだぞ？〉

「ばう！」

「ばうう!!」

双子の魔狼が食べながらも胸を張る。口の周りは鹿肉の脂だらけだ。

〈まあ良い。いくら拒否しようとも、貴様らは我に寝かされるのだからな。起きていることは不可能だぞ？〉

グリおじさんが嫌らしい笑みを浮かべる。魔獣らしい、黒い笑みだった。ただ、嘴の周りは双子と同じく脂だらけで締まりはなかったが。

「……え？」

「それって？」

「待てっ！」

「おおおお!!」

望郷の全員の食事の手が止まった。やけに楽しげなグリおじさんの態度に、瞬時にその言葉の意味を悟ったのだ。

三人は絶望の表情を浮かべ、一人は歓喜に打ち震える。喜んだ一人は、ベルンハルトだ。

「あれをやる気か!?　何で今？」

クリストフが立ち上がり叫んだが、グリおじさんはその姿を楽しげに見つめるだけだ。

〈先ほど未熟さを見せてもらったからな。チャラいのは魔力量を増やして、魔力操作をもっと学ばねば、実体のあるもの以外の索敵はできぬぞ。寝坊助は魔法発動が遅過ぎる。今のままでは実戦に使えぬが、魔力量を増やせば少しはマシになるだろう。うるさい女は身体強化はさすがだが、他の魔法も使えるようにした方が、戦いの幅が広がるぞ？〉

三人に対しての言葉だけだが、ベルンハルトは喜んでいるので除外されたのだろう。

ディートリヒ、クリストフ、コルネリアの三人は、反論を考えるが思い浮かばなかった。反論したところで、グリおじさんの中では決定事項なため、待ち受ける運命が変わることはないのだが。

〈さっさと食事を終えよ。ぐっすり眠らせてやるぞ!!〉

その言葉は望郷にとって死刑宣告に等しかった。辛い記憶が甦り、食事は砂を噛んでいるようで味がしなくなる。

望郷の三人は必死に逃げる方法を考えていたが、すぐには思いつかない。それに、三人とも魔法が未熟だという自覚はあるのだ。

「いいな……」

そんな望郷の様子を見ながら小さく漏らしたのは、ロアだ。

「いいなって!!　ロア、気絶するほど痛いんだぞ！」

「そうよ、全身の皮膚の下を虫が這い回るような気持ち悪さも！」

「冷たい冬の海に落とされたみたいに全身の血の気が引いていくんだ！」

三人が口々にその苦痛を訴える。純粋に痛みについて語るのがディートリヒ、気持ち悪さを前面に押し出して語るのがコルネリア、そういう経験があるのか冬の海に例えるのがクリストフ。それぞれに個性はあるが、どれも酷く辛いということで一致している。

〈魔力増大の秘術を施してやろうというのだ、心して受けよ！〉

グリおじさんが一喝（いっかつ）した。

そう、先ほどから話しているのは、魔力量を増やすための秘術のことだった。人間が周囲の大気から体内に魔力を取り込む経路を、別の魔力を注ぎ込んで無理やり広げる術だ。

それによって、魔力を取り込む量が増え、回復が速くなる。その状態に順応することで総魔力量も増える。大魔術師や賢者くらいしか使えない危険な術とされているが、グリおじさんは当たり前のようにやってのける。

ただし、受けた者にはとてつもない苦痛が伴うらしい。

すでに望郷の四人は、グリおじさんと初めて会った直後に一度やられていた。先ほどの感想もその時のものだ。

ロアはまだ精神や肉体が未成熟であり、弊害が出る可能性があることと、グリおじさんと魔力を共有していて必要ないことから、やってもらえなかった。

もし許しが出れば、真っ先にやってもらうことだろう。今も悔しそうだ。

ベルンハルトも苦痛と引き換えでも自分の魔力量が増えるのが嬉しいらしく、率先してやりたがっていた。ロアとベルンハルトは根本的な部分で似ている。

「いいなぁ」

うらやましがるロアの手前、それ以上は拒否することもできずに、望郷の三人も言葉を呑み込んで諦めの表情を作る。

結局、言い訳も見つからず、青い顔をしたまま食事を続けるしかないのだった。

そうして食事を終え、いよいよその時が来た。

「何でメシの途中で言うんだよ……」

〈前にいきなりやって、小僧に怒られたからな！〉

「こいつ、絶対にわざとだ！　嫌がらせだろ！　オレたちが怯えるのを見て楽しんでるんだろ？」

〈そんな性格の悪いことをするわけがないであろう？　我は良い子だと評判なのだぞ？〉

「うるせえ！　なーにが、良い子だよ！　バカじゃねーかぁ」

ディートリヒはグリおじさんと言い合いをしているが、望郷の残りの三人は無口だ。緊張に身体を固くしている。

地面に毛布を敷き、四人は寝そべった。気絶した後に倒れて頭を打たないように、最初から寝かされたのだ。

テントの中ではなく屋外だが、それはグリおじさんが多くの大気に触れていた方がより効果が高いと言った所為だった。

〈では、やるぞ〉

返答はない。四人とも、やってくる苦痛に耐えるため全身に力を入れ、目をつぶって歯を食いしばっていた。

そして、一瞬にして全員が気絶する。

ロアには彼らが何をされたのかすら分からないくらいで、痛みに悲鳴を上げるとか、身体が跳ね上がるとかもない。とてもディートリヒたちが言うような苦痛が与えられたようには見えなかった。

一瞬の間に凝縮された苦痛が襲ってくるということなのかもしれない。

「で、グリおじさんはこれからどうするの？」

望郷のメンバーが気絶したのを見届けてから、ロアが言った。

〈む？　何がだ？〉

「皆は気付かなかったみたいだけど、不自然だよね。古巣と言っても危険な場所で、こんな無防備な真似をするなんて。皆が起きてたら困ることをするつもりなんでしょ？」

〈む……〉

ロアは真っ直ぐにグリおじさんの目を見る。ロアだけではない。ロアの両側に双子の魔狼も並んで、グリおじさんの様子を窺っていた。適当な言い訳は許さないと、目が語っていた。

〈チッ……つまらぬことにだけ察しがいい……〉

「え？」

グリおじさんが小声で言ったことに、わざとらしくロアが聞き返す。笑みを浮かべているが、追及する気満々なのだ。

「ばう？」

「ばうう？」

双子の魔狼もそれを真似て、首を傾げて鳴いた。

〈むむむ……小僧たちも眠らせておくつもりだったのだがな。まあ良い、小僧であれば従魔契約の影響で問題ないであろう〉

悔しそうに言いながら、ロアたちから目を逸らす。

「で？」

「ばう？」

〈……あの骨の主の討伐だ……〉

「骨って、動く骸骨巨人（ギガントスケルトン）？　主がいるの？」

ロアが驚く。あれほど巨大な動く骸骨巨人（ギガントスケルトン）を従えられる者がいるとは思えなかった。いるとすれば、かなり凶悪な存在だろう。

〈大昔からな。あちらの攻撃は我に通じぬし、我の攻撃も、相手が不死者（アンデッド）の中でも物理攻撃が効かない類故に届かぬ。昔から睨み合い、互いに嫌がらせをするくらいしかできなかった相手だ。あの骨も元々はあやつの嫌がらせで生まれたものだ。他の不死者（アンデッド）も、あやつがここにいる所為で生まれたようなものだ〉

ロアの表情が曇る。

〈人間が目にすれば心を病む存在。不死者（アンデッド）の大軍を生み出す存在。大魔術師死霊（グレーターリッチ）だ〉

「……」

あまりに凶悪な敵に、ロアは言葉を失った。

〈深夜に仕掛ける。それまでは小僧も寝ておけ。なに、心配することはない、どうせやつの攻撃は我には効かぬし、今回は秘策があるのだ。楽しくなるぞ！〉

日が暮れ始めた空の夕焼けが映り、グリおじさんの目は燃えるように赤く染まっていた。

アマダン伯領のコラルド商会では、商会長のコラルドが自室で食後のお茶を楽しんでいた。

給仕したメイドもすでに下がり、部屋の中には一人。仕事はまだ残っているものの、今日中にやらないといけないものは片付いている。今日はもう、ゆっくりと休む予定だ。

今日は事態が大きく動いた。

このところ懸念していたことが、片付くめどが立ったのだ。ロアのことでちょっかいをかけてきていた商人たちと話が付いた。

コラルドは少しの利益を与え、少しの脅しをかけただけだが、それだけであっさり手を引いたのだった。

まさかたった一日で状況が大きく変わるとは、コラルドですら予測していないかった。

もっと抵抗されると思っていたため、過剰なほどに事前調査をして準備していたのだが、それが全て無駄になってしまった。

多くの商人たちとは直接会ってもいない。手紙一通届けさせるだけで片付いてしまった。それも、手紙を持たせた使用人に返答をそのまま渡してくるほどの即答だ。拍子抜けにもほどがある。

ただそれは、別のところからも圧力がかけられた結果だった。

あの男の仕業だろう。

商人たちのことはコラルドに任せると言っていた癖に、手を出してきたのだ。そこまで自分を信用できないのかと、コラルドは憤慨したが、それと同時に感謝もしたのだった。

そしてそれ以上に、あの男の力を恐れた。

「……？」

今日の出来事を思い出しながらお茶を飲んでいると、ふと、違和感を覚えた。

特に確信があるわけではない。「勘」としか言いようがない感覚だ。

ただ、商人であるコラルドはそれを信用することにしている。今までも何度もその感覚に助けられてきた。

コラルドはテーブルの上の呼び鈴を鳴らしたが、誰も来ない。近くの部屋にはメイドが控え、部屋の外には常に護衛が立っているはずなのに、だ。

「誰か！」

それに、密偵もいる。声を掛ければ、必ず誰かがやって来るはずだった。

だが、誰も来ない。

コラルドは警戒しながら、廊下へと続く扉を開けるが、そこには誰もいなかった。異変が起こった気配もない。突然、前触れもなく全ての人間が掻き消えたような雰囲気だった。

「誰か!!」

コラルドは叫びを上げて人を呼ぶが、誰も来る様子はない。耳が痛いほどの静寂だけが広がっている。常にコラルドを守っているはずの、腕利きの密偵たちすら姿を現さない。

「何が起こってるんでしょうか？　でも……」

不思議と不安や恐怖を感じたりしない。この感覚を、コラルドは知っていた。

どう考えても危ない、手を引くべき取引なのに、不安や恐怖を感じない時があるのだ。

そういった取引は予想外に成功し、その後のコラルドの大きな力となってきた。「商人の勘」が教えてくれたのだと周囲の人間には言っているが、コラルド自身、それを正しく説明することはできなかった。幸運を呼び寄せられただけとしか言えない。

コラルドは誰もいない廊下を歩き出した。

自分の直感を信じて気の向くまま、適当に進んでいく。そして誰とも出会わないまま建物の外へと出て、気が付くとロアの家の前まで来ていた。

「よう！　来たな！　ハゲ!!」

「……貴方の仕業でしたか……」

ロアの家の前に立つ人物を見て、自分の商人の勘はあまり当たらないなと考え直す。

その男に会うことが、幸か不幸かと言われれば不幸だろう。コラルドの全身に一気に冷や汗が浮かんだ。

「仕業とか、悪いことしてるみたいに言うなや」

「……不法侵入だと思うのですが……ブルーノさん」

そこにいたのは鍛治屋のブルーノだった。

月明かりだけの闇の中ですら、巨体が目立っている。髭の下から牙のような犬歯を見せてニヤニヤ笑っているブルーノに、コラルドはハゲ頭に浮かんでくる汗を拭いながら呆れたような表情を向けた。

「まあ、オレとお前の仲だろ。気にすんな」

「……それで、何の御用ですか？」

仲と言われても、コラルドはブルーノと仲良くなった覚えはない。むしろ、ロアを取り合った敵対者だ。

「共犯者として、進捗の確認にな。それと、弟子の家にちょっとした用事だ」

「共犯者？」

「一緒に弟子に集る害虫の駆除をしただろうが？」

「それを言うなら……いえ、何でもありません。たしかに共犯者でしたね」

それを言うなら共犯者ではなく協力者でしょう？　と言いかけて、コラルドは言葉を止めた。目に見えてブルーノが不機嫌な雰囲気になっていったからだ。否定すれば殺されると思えるような変化だった。

この男は、どういった切っ掛けで機嫌が悪くなるのか予測できない。危険は避けておいた方がいい。

ブルーノが言う害虫の駆除というのは、ロアを殺したり誘拐したりしようとしていた連中を抑えることだ。コラルドとブルーノで分担し、ロアの危険を排除したのだ。

しかし、昨日の今日でやってくるということは、短時間で排除に成功すると知っていたということだろう。やはり、底が知れない。

「ふん。とにかくだ、オレの方は終わったぞ。ちょっとウダウダ言うやつはいたが、ちゃんとボコッといた」

「ボコ……私の方も終わってますよ」

ブルーノの言葉を聞いて、コラルドは青ざめる。

彼が言うのであれば、言葉通り殴（ボコ）ったのだろう。ブルーノが担当したのは冒険者ギルド関係と、国関係。どこの誰を暴力で支配したのかは分からないが、いずれにしても要人である可能性が高い。

詳細は絶対に聞くまいと心に決め、コラルドはため息をついた。

国関係も相手にしたのなら、王都までの移動距離を考えると早過ぎるが、話を持ち掛けてきたのはブルーノだ。事前準備していたのだと思い込むことにした。常識的にはあり得ないが、ブルーノなら即日で何とかしてしまいそうな気もする。

「じゃ、そっちは大丈夫だな。次の用事なんだが、ハゲ、お前も付き合え！」

「へ？」

思わず、変な声が出た。

「よし、決定だな！」

「え？　いや、え？」

コラルドは同意した覚えはない。しかし、口から思わず出た変な声を、ブルーノは同意の言葉と受け取ったらしい。

コラルドは慌てたが、なぜかニコニコと珍しく機嫌良さそうに笑っているブルーノを見て、撤回する勇気はなかった。

青ざめた顔と滝のように流れる汗で察して欲しかったが、ブルーノにそれを期待するのは無理だろう。むしろ、察した上であえて嫌がらせをして楽しんでいるとすら思える節がある。彼なりの親愛の表現だと思うことで、コラルドは文句を言いたくなるのを抑えた。

「まず紹介する。ブルトカール君だ」

ブルーノは自分の肩の上を掌で軽く叩いた。

「え？」

また間の抜けた声がコラルドの喉から漏れる。

そこには、今までいなかったはずのものがいた。

濃いオレンジ色のトカゲのような生き物。猫くらいの大きさのものが、ブルーノの肩に留まっていた。

色鮮やかな格子模様（チェック）の風船帽（キャスケット）を被っており可愛らしいが、その背中には蝙蝠（こうもり）のような翼があった。

首には従魔の首輪らしきものが付けられている。肩にはこれまた格子模様(チェック)の短外套(ケープ)、手には拡大鏡(ルーペ)を持っており、帽子と合わせて一体感があり、何かの舞台演劇の衣装のようですらあった。

「それは、ドラゴンですか？」

「何だ、可憐小竜(タイニードラゴン)も知らないのか？　商人のくせに無知なやつだな」

ブルーノは牙のような犬歯を見せてニヤニヤ笑うが、嫌味で言っているのが丸分かりだ。前回、双子の魔狼の種族について、情報で勝ち誇れたことに味を占(し)めたのだろう。

「私は魔獣については無知なのですよ。申し訳ありません……」

コラルドは苛立ちを感じたが、素直に認めることにした。張り合ったところで勝ち目はない。たとえ言い負かせたとしても、腕力に訴えられたら終わりだ。

それに、ブルーノが可憐小竜(タイニードラゴン)と言ったことで思い当たることがあった。

「便利なんでな、知り合いからちょっと借りた。仲良くしてやってくれ」

冒険者ギルドに存在すると言われている影の主。黒幕(フィクサー)と呼ばれるその人物の従魔が可憐小竜(タイニードラゴン)らしい。

冒険者ギルド内でも地位の高い者しか知らないことだが、黒幕(フィクサー)は確かに存在し、その指令を各支部のギルドマスターに届ける役が可憐小竜(タイニードラゴン)だと聞いていた。

コラルドも、昔ちょっと処理しないといけなくなった、とある都市のギルドマスターに聞かなければ、今も知らずに過ごしていただろう。そのギルドマスターは洗いざらい話した後に、黒幕(フィクサー)に殺されるとうわ言のように言っていた。まあ、人間は二回殺されることは不可能なので、彼が黒幕（フィクサー）に殺されることはなかったのだが。

ブルーノはロアのために冒険者ギルドへ働き掛けていた。

そして、この可憐小竜（タイニードラゴン）の登場だ。間違いなく、そのブルーノの知り合いというのは黒幕（フィクサー）なのだろう。早過ぎる国への対応もそれなら説明がつく。

「人間なんかよりも優しいやつだからな、いじめるなよ。腹黒商人！」

「はあ」

生返事をしながら、コラルドは黒幕（フィクサー）について問い詰めたい衝動を必死に抑えた。そんなことをすれば、命に関わる。

コラルドは商人だからこそ、引き際はわきまえている。ブルーノは何も言わないが、可憐小竜（タイニードラゴン）のことを他の者に漏らしたら殺されるのだろう。

「きゅい！」

可憐小竜（タイニードラゴン）……ブルトカール君はコラルドにつぶらな瞳を向け、挨拶するように鳴いた。

「よろしくお願いします」

コラルドは丁寧に挨拶を返す。

ブルトカール君の瞳には、確かな意思と知性の輝きが宿っていた。それは、グリおじさんと双子の魔狼の瞳に宿っているものと同じだと、コラルドは直感したのだった。

この魔獣は間違いなく人の言葉を理解し、人以上の力を持った存在だろう。敬意を払うのは当然だ。

可憐小竜（タイニードラゴン）のブルトカール君を肩に乗せたブルーノに促され、コラルドはロアの家の入り口まで移動した。

ロアの家は現在、グリおじさんの魔法によって誰も入れないように封印されているはずだ。下手な宝物庫（ほうもつこ）などよりも堅固（けんご）に守られた状態になっている。

「ブルトカール君、頼む」

「きゅい!!」

ブルトカール君が楽しそうに鳴くと、空気が変わる。

それが何なのか、魔法の才能がまったくないコラルドには理解できないが、何かが起こったことだけは分かった。

「じゃ、行くぞ」

ブルーノがロアの家の扉に手をかけると、あっさりと開いた。

「魔法を消したのですか？」

「オレたちを、この家にかけられた魔法の対象外にしてくれたんだ。ブルトカール君は侵入の達人だからな。魔法そのものの効果を生かしたまま、魔法の影響を受けなくすることができるんだぞ。スゲーだろ？」

ブルーノはブルトカール君の喉を優しく指先で撫でた。ブルトカール君は気持ち良さそうに目を細める。

その優しい仕草を見つめながら、コラルドは今更ながらブルーノが敬称を付けて呼んでいる相手を、初めて見たことに気が付いた。

そもそも、この男は人の名前すら滅多に呼ばない。コラルドはいつも「ハゲ」呼ばわりだし、気に入っているロアですら「弟子」だ。

その事実に、コラルドは知ってはいけないことを知ってしまった気分になった。

「それは……すごいですね」

心の中を悟られないように、できるだけ平静を装って答える。

「心を操作して人から姿を見えなくしたり、特定の場所に近寄らせなくさせたり、護衛に仕事を放棄させたりもできるぞ？」

ニヤニヤと笑いながら、ブルーノはコラルドの顔を見つめる。

そうやって侵入し、コラルド商会の護衛や使用人たちを遠ざけたと伝えたいのだ。しかも、心を操作する魔法は違法である。それを晒すことで、コラルドの反応を楽しんでいるに違いない。

コラルドは、自分がブルーノの掌の上で転がされ、遊ばれていると感じて眉根を寄せた。

「可憐小竜（タイニードラゴン）一匹に簡単に突破される警護じゃ、弟子は守れないかもしれないなぁ。やっぱ、オレのところの弟子になった方が安全なんじゃないか？　グリフォンの魔法も簡単に突破できるしなぁ」

「……」

コラルドは無言でブルーノを睨みつける。ブルーノは恐怖を感じる存在だが、これだけは譲れない。

確かに、自分たちの守りは可憐小竜（タイニードラゴン）相手には無意味なのかもしれない。

しかし、それは比較するものがそもそもおかしいのだ。人間相手なら間違いなく鉄壁なはずだ。

ブルーノのような規格外の人間相手でなければ。

「まあ、いいや、入るぞ」

反応を示さないコラルドに興味が失せたのか、ブルーノはコラルドに背を向けて、ロアの家の中に入っていった。

ロアの家の中は、当然ながら真っ暗だった。

コラルドは恐る恐る足を踏み入れるが、ブルーノはまるで見えているかのように進んでいく。

そして、しゃがみ込むと土間（どま）に手をついた。そこは、グリおじさんが土魔法で地下室への階段を作っていた場所だ。

「ブルトカール君、ここだ。明かりと階段を頼む」

「きゅい！」

ブルトカール君の鳴き声と共に、魔法の光が灯り、土間に穴が開き始める。

それはコラルドも何度も見た現象だ。グリおじさんが地下室へ入る時に行使する魔法と同じだった。

土魔法によって、地面に穴を開け、地下へと進むための階段が出来ていく。

グリおじさんと同じことができるということは、この可憐小竜（タイニードラゴン）のブルトカール君は、猫程度の小さな身体に、グリおじさんと同じだけの魔力を持っているのだろうか？

コラルドは、ブルーノの肩の上で踊るような仕草をしているブルトカール君を見つめた。

「ブルトカール君は元々、地下に穴を掘って巣を作るドラゴンだからな。こういうのは上手い」

疑問を持ったコラルドの心を読んだかのように、ブルーノが呟いた。

コラルドは商人だ。内心を悟られないよう訓練を積んでいる。しかし、ブルーノが相手だと感情を揺さぶられ、心を簡単に覗かれる。

屈辱を感じるが、それすら見抜かれているかと思うと、逆に怒りが収まっていくのを感じた。

地下へと続く階段が出来ると、ブルーノはその中へ入っていった。コラルドも、それに続くしかない。

「これでお前も本当に共犯だな」

階段を下りながら、不意にブルーノが呟いた。

「はい？」

「不法侵入。ここは法的にもお前のもんじゃないんだろ？」

「それは貴方が！」

「入るぞとは言ったが、入るかどうかは自分の意志だろ？　ガキみたいなこと言うなよ？」

コラルドが青くなったり赤くなったりしているのも気にせず、ブルーノは階段を下りていく。

コラルドも、結局それについていくしかできなかった。

帰りたい気持ちもあるが、それ以上にブルーノが何をするつもりなのか気になる。ロアに対して不利になることはしないだろうが、それでも予測のできない行動をする男だ。監視する必要がある。そう、自らに言い訳をする。

そのうちに、グリおじさんが一階層と呼んでいた地下室の一階に着いたが、ブルーノは周囲を見渡すこともせず、知っていたかのようにさらに下に向かう階段を下り始めた。ここから先はグリおじさんの手によって作られた既存の階段だ。

そのままどんどんと進んでいく。

そして、コラルドが知っている一番深い場所、地下五階まで到達した。

コラルドは、そこより下にまだ部屋があることは知っているが、入ったことはない。行ってみたかったが、グリおじさんに拒絶された。ここから先は初体験だ。

「ここまでは倉庫と実験室か。あれはこの下だな」

意味ありげなブルーノの台詞にコラルドの心臓は跳ね上がる。

「貴方は何を知っているのですか？」

「オレの足元で大きなモグラが毎日コソコソと何かやってるみたいだからな、気になって確認に来ただけだ。モグラがいない時じゃないと見れねーから、今しかないいんだよ」

グリおじさんをモグラ呼ばわりするのはブルーノくらいのものだろう。そういえば、先ほどは害獣と呼んでいた。それは畑を荒らすモグラを揶揄したものだったのか。

冷や汗を流し続けるコラルドに反して、ブルーノとブルトカール君は宝探しをする子供のように、実に楽しげだった。

六階、七階、八階は、一応各層に分かれているものの、大半は吹き抜けとなっており、巨大な空間になっていた。

ところどころ壁が溶けたり傷ついたりしているところを見ると、どうも運動場と魔法の練習場を兼ねた場所のようだった。

グリおじさんがストレスの発散や新魔法の実験に使っているのだろう。

そして、九階。そこは細長い通路だった。

「ここだな」

その通路は、長く伸びている。魔法の光で照らしても、先が見えない。その長さから、コラルド商会の敷地から大きくはみ出しているのは間違いない。

「これはどこまで?」

「だから、オレの足元でコソコソやってやがるって言ってんだろ?」

ブルーノの足元。それは今現在の話ではなく、ブルーノの鍛冶屋のことだろう。つまりブルーノたちが暮らしている場所まで、この通路は伸びているのだ。

そこは街の外壁近くで、コラルド商会からはかなり離れていた。

「お！　楔文字か！　あの害獣、用心深いらしいな」

ブルーノは通路の壁を見ていた。

そこには細かな傷跡のような文様が大量に刻まれていた。それが、光が届く限りずっと続いている。

規則性があるため文様に見えるが、そうでなければグリおじさんが爪を研いだ跡だと思うだろう。

「……それにしても……あの害獣……ぶはっ！　バカだろ!!」

突然、ブルーノは爆笑し始める。

「きゅい！　きゅい!!」

ブルトカール君も、被っている風船帽を跳ね上げながら笑っている。コラルドだけが、意味が分からず呆然と立ち尽くしていた。

「ぶふっ、我が最愛の秘宝って弟子のことだろ！　蕩けるほどに甘美な二粒の宝石って、双子か!?　光り輝く……ぶっ……商人て、ハゲ！　お前のことだぞ！」

筋肉だらけで髭だらけの男が、腹を抱えて転げ回る勢いで笑っている姿は、滅多に見られるものではない。

「あの、何をそんなに」

「ここに書いてあるんだよ。バカみたいな恥ずかしいことがよ！」

「そこに？　……これは、文字なのですか？」

コラルドは壁の文様を見つめる。

「楔文字だ。知恵の足りない商人は知らないだろうがな、鍛冶屋のオレには馴染みのもんだ。大昔の武器なんかにお守りか装飾か分からんが、こういう文言がよく刻んであるんだよ。古代の文明よりさらに昔の文字らしいぞ」

大昔の武器など、そう簡単に目にすることはないだろう。鍛冶屋であっても普通は無理だ。むしろ学者の方が目にする機会があるくらいだ。

にもかかわらずブルーノにとって馴染みがあるのは、彼が能力の高い鍛冶屋であり、それを頼って様々な人間が得体の知れない武器をよく持ち込むからだろう。

ひょっとしたら、そういう方面では、彼は学者以上の知識を持っているのかもしれない。

「あの害獣は自分の悪さを隠したくて、そう簡単に読めない文字で書いたんだろうな」

「それで、これは日記か何かなのですか？」

ロアや双子の魔狼や自身の名前が出ていたことで、コラルドは適当な推測を言ってみた。

「日記？　いいや、これは魔法式だ。変な恥ずかしい詩みたいな様式で書いてあるが、恐ろしく緻密なもんだぞ。街全体を支配下に置く精神操作の魔法式だな。ここは巨大な精神操作魔道具の中ってこった」

「⁉」

コラルドは驚きで声も出せない。

一瞬、ブルーノがなぜ魔法式まで理解しているのか気になったものの、そんな疑問すらすぐに吹き飛んだ。

魔法式は、術者の脳内で処理される部分が多く、簡単に言語化できるものではない。特に、どこかに記して魔道具として魔法を発動できるほどとなると、より難しい。魔法式だけではなく記すものの素材や魔力の供給方法など、様々な条件が発生する。

魔道具は魔法の効果のある道具の総称だが、事前に長期に影響のある魔法をかけられたものから、それ自体で魔法を発動できるものまで様々だ。その中でも魔法式を使ったものは、自由度が高い代わりに複雑で、魔力の効率が悪いものとされていた。

「あの害獣はこれを使って、この街の人間全部を洗脳して支配下に置くつもりだったんだろうな。弟子や双子を傷つけるな、崇めろ、害獣を神だと思えとか、色々な命令が書いてある。内容からして、あいつなりに弟子が襲われるのを防ごうと思ってやったんじゃねぇか？　面白いことを考えるやつだな！」

「精神操作……街ごと支配ですか？」

精神操作の魔道具を作ることは違法だ。そもそもどんな理由があっても、魔法で精神操作することと自体が違法なのだ。住人を洗脳して街を支配など、国家反逆罪ですら生ぬるい。

明らかな大罪だ。

それをやろうとしたグリおじさんも、爆笑して面白いで済ますブルーノも異常だ。

コラルドは自分の頭から血の気が引いていくのを感じた。さすがに自分の手に余る出来事だ。倒れそうになるのを、気力だけで耐える。倒れたら地下深くにそのまま放置されるのは間違いない。

ブルーノに気遣いなどあるはずがない。

「地脈に繋いで、そこから得た大量の魔素で動かすつもりだったんだろうが、失敗してるな。知識不足だったんだろ。このまま放置しても動かねぇから問題ないだろうが……それじゃ、面白くないか」

「面白くないって、そういう問題じゃないでしょう……」

コラルドは抗議するが、ブルーノは聞く耳を持たない。

「弟子に対しての殺意をなくさせる程度なら……うん、一部をいじれば改編できそうだな。悪意まで消すのはやり過ぎだ。過保護じゃ弟子が成長しないからな！　殺される寸前で止まればいいだろ」

「貴方は何を⁉」

「ご丁寧にあの害獣、発動したら改編防御（プロテクト）がかかって、作った本人でも魔法式をいじれなくなるようにしてやがる。一度動かしちまえば元に戻せなくなるならちょうどいい。停止するのは簡単みたいだしな」

「バカな真似は！」

「こんだけややこしい魔法式なら、誰かが手を加えたなんてそう簡単に気付けないだろ。ブルカトール君なら偽装できるしな。ほどほどの効果が出たら害獣も満足するんじゃねぇか？　偶然繋がった地脈の魔素じゃ弱い効果しか出なかった、とか適当に納得するだろ。弟子の話で聞く限り、バカそうだからな、あいつ」

「そうではなくて！」

ブルーノは完全に、魔法式を改変して、効果を緩めて発動させる気になっている。コラルドは発動自体を止めようとしたが、まったく聞いてもらえない。

足に縋り付いてでも止めたいところだが、簡単に振り払われるのは目に見えているので、触れることもできない。遠巻きにアワアワとするくらいしかできなかった。

「安心しろ、精神操作の魔法はブルトカール君の得意技だ！　へっぽこ害獣よりも上手な魔法式を書いてくれるぞ！」

「きゅい!!」

「地に住むドラゴンだけあって、地脈の操作もお手の物だぞ！」

「きゅいきゅい！」

「それじゃ、頼むな、ブルトカール君」

「きゅい！」

「ダメですってば！」

コラルドは必死に止めようとしていたが、それは無駄な努力だった。絶対に止まりそうにない。山頂から転がり落ちる岩石を止める方が簡単だろう。調子に乗った一人と一匹は、魔法式を改変しながら、長い通路を進んでいった。

結局その後、コラルドはアマダン伯領の地下に張り巡らされた巨大な通路を引きずり回された。全てが終わって地上に戻った時には、夜が明けようという時間になっていた。

深夜にずっと歩かされたコラルドは、次の日は一日寝込んでしまったのだった。

だが、コラルドはただブルーノに振り回されて終わったわけではない。青い顔で寝込みながら、彼はベッドの中でほくそ笑んでいた。

共犯者……悪くないですね。と、コラルドは思う。

共犯者ということは、対等な関係だと認められたということだ。そして、その立場に相応しく、人を人とも思っていないブルーノに仲間意識を持たれたと感じていた。

ブルトカール君という秘密の存在を見せ、それと共に、バカな行動をしたり爆笑したりしている姿を見せてくれた。その行動や言葉から、彼の秘密の手掛かりをいくつか掴めていた。

ブルーノ自身が意図的に漏らしたものだろうが、それを考えるとなおさら悪くない状況だ。

ブルーノは身内とそうでない人間とで、態度を大きく変える。

ロアがよくグリおじさんと似ていると言っているが、確かにブルーノもグリおじさんと同じく身内には甘く、それ以外には道端の石ころ程度の扱いしかしない。

それはロアや、面倒を見ている孤児院の子供たちへの態度を見ているとよく分かる。

今までコラルドは石ころとまではいかないが、進む道の真ん中に転がっている少し邪魔な岩くらいの扱いだった。

しかし今回、協力してロアに悪意を向けている者たちを排除したことと、地下室に侵入したことで、身内として認定された実感があった。

ブルーノに身内として認められたことで発生する利益は大きいだろう。

ブルーノは謎が多い存在のため、どういった利益が出てくるかはまだ予測しきれていないが、商人の勘が大きな利益をもたらすと告げていた。

『損して得取れ』。

一日寝込むに値する出来事だったと、コラルドは一人納得した。

それは好き勝手に振り回されたことへの負け惜しみ、ブルーノに絶対勝てないと認めたくないことからくる自己欺瞞……ではない、はずだ。


深夜、身体を揺すぶられるのを感じて、ロアは目を覚ました。それはまだ、アマダンの街でコラルドが穴の中をブルーノに連れ回されていた時間帯のことだった。

〈小僧、寝ていたいのならそのまま寝ていてもかまわぬが、どうする？〉

目を開けると、目の前にグリおじさんの顔面があった。

気の弱い者なら飛び上がって泣き叫びそうなほどに迫力があるが、ロアは両手を伸ばしてグリおじさんの頭を抱きかかえる。そのまま羽毛の手触りを楽しむように、優しく撫でた。

「一緒に行くよ」

〈何を心配そうな顔をしておる？　問題ないと言っておるだろう？〉

そう言いながら、グリおじさんは嘴の先でそっとロアの頬を撫でた。

「でも、大魔術師死霊（グレーターリッチ）なんだよね？」

大魔術師死霊（グレーターリッチ）。死ぬ前ですら大魔術師と言われた存在が、死してもなお残る深い恨みを持って魔獣化したものだ。

普通の魔術師死霊（リッチ）ですら不死者（アンデッド）の王と言われるほどの力を有しているのに、それよりもさらに強大な力を持っている。

他の不死者（アンデッド）と同じように、治癒魔法使いや錬金術師であれば対抗することはできるが、あくまで手段を持っているというだけだ。人間はその姿を目にするだけで心を病み、絶望し、戦うどころか動くこともできずに死に至ると言われている。

過去に出現した例では、姿を現して徘徊（はいかい）するだけで街一つを壊滅させたらしい。

〈まあ、人間が怯えるのは分かるが、我や双子のような高位の魔獣であれば、魂すら汚すあやつの精神攻撃も効かぬからな。そうなれば、ちょっと力の強い魔術師と変わらぬ。肉弾戦をするわけでもない魔法だけの戦いで、我が負ける理由がない。今まで手が出せなかったのは、あちらも物理攻撃無効の、実体を持たない存在であるからだが、今回は我にも秘策があるのだ！〉

　グリおじさんは興奮したように鼻をフンと鳴らした。

「……避けられないの？」

　グリおじさんの話だと、今まで睨み合うだけで、お互いたいした干渉はしてこなかったらしい。それならば、今回も戦わずに避けて通るだけで十分ではないか。そういう意味を込めてロアが問いかけたが、グリおじさんはニヤリと笑った。

〈避けてもいいのだがな。やつは我が古巣（シタデルダンジョン）に執着しておる。我があそこを取り戻そうとすると、横槍を入れてくる可能性があるのだ。古巣には不死者（アンデッド）に対しての防御があるため、中には入れぬが、我の予想の範囲外の手段を使ってくる可能性がある。不安要素は消しておきたい〉

「……分かった。仕方ないね。でも……」

　ロアは傍らに置いていた魔法の鞄（マジックバッグ）の中から一本の瓶を取り出した。何の変哲もない、緑色をした硝子（ガラス）の酒瓶だ。

「危ないと思ったら、これを使って。オレだと動けないかもしれないから、双子に預けとくからさ」

　瓶の中身は超位の治癒魔法薬だ。ロアは品質が安定するなら入れ物には拘らない。売り物でない限り、適当な瓶に入れていることも多い。

〈……それは、明らかに過剰殺戮(オーバーキル)ではないか？〉

グリおじさんは呆れたように顔を歪ませた。

超位の治癒魔法薬は、普通の魔術師死霊(リッチ)ならスプーンにひと掬(すく)いもあれば消滅させられる。それが酒瓶一本だ。容器の所為でとても特別なものには見えないが、その瓶一本分で魔術師死霊(リッチ)の大軍を殲滅できる。

たとえ大魔術師死霊(グレーターリッチ)でもひとたまりもないだろう。敵対しているグリおじさんですら、相手が可哀そうになる量だ。

「念のため、だからね」

〈……〉

過保護過ぎる。ロアの深い愛情と異常な生産力に、嬉しさよりも空恐ろしいものを感じてしまうグリおじさんだった。


彼の生前の記憶は曖昧だった。

気付けば彼は、大魔術師死霊(グレーターリッチ)と呼ばれる存在になっていた。

どうして自分がそんな存在になったのかも分からない。何かの理由で死亡して、魂が魔獣化したということだけは理解しているが、根本的なことは何も分からない。

彼の目的は、恨みを晴らすこと。

しかし、その方法が分からない。深い恨みを持っているはずなのに、誰に……いや、何に対しての恨みなのかすら分からない。

どうして死んだのかも記憶に残っていない。ただ、ドラゴンを見ると言い知れぬ恐怖と共に、身を焦がすような恨みの感情が溢れてきた。そのことからドラゴンが死に関与していることは理解できるが、ドラゴンそのものが恨みの対象とは思えない。ドラゴンを殺したいという感情はなかった。

彼は城塞迷宮(シタデルダンジョン)に執着していた。

それにどういう意味があるのか、ハッキリしたことは分からない。だが、城塞迷宮(シタデルダンジョン)を自らの手に入れたいという欲求はある。あそこは自分のものだという認識があった。

その執着を自ら分析し、あの城塞が建築された当時に、自分はそこを管理する側の人間であったのだろうと推測していた。

城塞であれば、強力な魔術師が常駐していてもおかしくない。

多くの人間を従え、何かからそこを守る立場だったのだろう。そう考えれば、現在魔獣たちに支配されている城塞迷宮(シタデルダンジョン)を取り戻したいという感情も理解できた。

真実は分からないが、推測は外れていないだろうという確信があった。

彼はその欲求のままに行動した。しかし、それは無理だった。

一番の問題は城塞の機能によって、不死者(アンデッド)となった自分がその中に入れないことだ。魔法的な防御が施されており、不死者(アンデッド)の類は近づくことすら許されないのだった。

自分が城塞の防護を担当していたのであるなら、その防御も自分自身が施したものかもしれない。

そう考えると、皮肉な状況に笑うことしかできなかった。

〈ヤツが帰ってきた……〉

数日前から、その気配は感じていた。

以前に、城塞迷宮（シタデルダンジョン）を支配していたグリフォンだ。現在支配しているグリフォンたちを、子供のように育てていた個体だった。

ヤツと攻防を繰り返していたのは、いつのことだったか……。

彼はそれを懐かしく感じる。

彼の時間の感覚は曖昧だ。大魔術師死霊（グレーターリッチ）として永久に近い時間を過ごして、時間の捉え方が狂っている。数十年ですら、わずかな時間に感じる。少し前も、はるか昔も大きな差はない。

ただ、ヤツがいた時代から、懐かしいと思えるほどの時間は経過しているはずだ。

ヤツは不思議なグリフォンだった。

他のグリフォンと明らかに違っていた。

まず驚いたのは、会話ができるということだった。人語を理解する高位の魔獣がいるのは知っていたが、彼にとって初めての存在だった。魔獣同士であれば、人間には聞こえない声で意思疎通が可能であることも、その時に知った。

ヤツは常に上から目線で話しかけてきたが、不思議なことに不快ではなかった。やけに人間臭く、時々間の抜けた発言をするからだろう。彼に、人として生きていた時の記憶はないが、旧友に会ったような感覚すら持った。

もちろん、彼にとってヤツは敵だ。

ヤツは空を飛べるという利点を生かし、魔法的防御のある壁を飛び越えて入り込み、城塞迷宮（シタデルダンジョン）に住み着いた。害虫のような存在だ。全力で排除する必要があった。

大魔術師死霊（グレーターリッチ）になって得た力は、高位の魔獣であるヤツには効かなかった。人間であった頃に学び、死んだ後も磨き続けていた魔法も効果がない。彼にはヤツを傷つけられるだけの力がなかった。

それはヤツも同じだったらしく、実体がなく物理攻撃無効の彼の身体を傷つけることはできなかった。

互いに傷つけられない相手。

敵対し合っているものの、睨み合うことしかできない。時々、動く巨大骸骨（ギガントスケルトン）をけしかけてみるものの、それも嫌がらせの役にすら立たない。むしろヤツに格好の遊び相手を与えているようなものだった。

しかし日々が続くにつれて、ヤツは彼に普通とは違う視線を向けるようになってきた。

そんな目で見ないでくれと、彼は思った。

その視線は、哀れみ。死してなおこの世から去ることができない彼への同情を含んでいた。

そんな目をするなら、この世から消し去ってくれ……。

そう言いたかったが、ヤツにその力がないことは知っている。言ってしまえば、ヤツはさらに哀れなものを見る視線を向けてくるだろう。

それは彼にとって、言いたくても言えない言葉となった。

ある日、ヤツが消えた。

気まぐれな性格をしていたから、ここに居続けることに飽きたのだろう。

そして、今、ヤツは帰ってきた。

ヤツは五人の人間と、二匹の魔狼を連れて帰ってきた。ヤツは彼が潜んでいる場所の近くで一夜を過ごすらしい。

人間たちと魔狼は大魔術師死霊（グレーターリッチ）を消し去る力を持っているのだろうか？　どこかで彼を消すための戦力をそろえてきたのか？　……そう思いながらも、彼はヤツと連れてこられた連中を排除する手段を考える。

ヤツが帰ってきたなら、全力で排除しないといけない。

ヤツはまた城塞迷宮（シタデルダンジョン）に巣食うつもりだろう。彼にとってそれは、屈辱だ。存在を懸けて邪魔すべきことだ。それが彼の望みであり、存在理由なのだから。

恨みを晴らすこと、城塞迷宮（シタデルダンジョン）を取り戻すこと、そして……。

彼はいつだって、自身の望みを叶えるために全力で戦う。

ロアたちの野営地から少しだけ離れた場所。

そこは全て焼き払ったように、草一本生えていない場所だった。ただ風が吹き抜けるだけの平野だ。

〈いるのであろう？〉

何もない場所に、グリおじさんは問いかける。夜の闇の中、星明かりだけが周囲を照らしていた。

ロアはさらに離れた場所で、その様子を眺めていた。

彼の傍らには青い魔狼。赤い魔狼は野営地に残り、眠っている望郷のメンバーを守っている。

ロアの周りには清浄結界の魔道具が置かれており、さらに地面がぐっしょりと濡れるほどの量の聖水が撒かれていた。これは大魔術師死霊（グレーターリッチ）対策だ。物理的な防御が効かないタイプの不死者（アンデッド）には、こういった手段で身を守るしかできない。野営の場所も同じような防御策を施してある。

ロアの手には栓の開いた魔法薬の瓶。何があってもすぐに対応できるようにしている。青い魔狼も器用に、瓶の中身を零さないように咥えていた。

また、風が吹く。

ロアは背筋に冷気が走るのを感じた。

〈勿体ぶるな〉

グリおじさんの言葉に答えるように、それは突然現れた。

それを目にした瞬間に、ロアの思考は闇に染まる。

青い魔狼がロアに身を寄せてくれたが、その体温すら伝わってくることはなかった。

本能的な恐怖。それが頭の中を塗り潰し、他のことは何も考えられない。ガチガチと嫌な音が響いていたが、それは全身の震えによってロア自身の奥歯が立てている音だった。

心が後悔と自責に塗り潰されていく。生きていてはいけないと思った。自分は許されない存在なのだ。心の隅に追いやっていた過去の嫌なことや、自分の犯した罪が大きく膨らんでいく。

自分は死ぬべきだという考えに、圧し潰されそうになった。

ロアの心が限界に達し、意識を手放すかと感じた時……。

ふと、背中の冷たさが収まり、全身が温かいものに包まれるのを感じた。

「……グリおじさん？」

思わず、声が出た。

あまりに慣れ切った感覚。グリおじさんの柔らかな羽毛に包まれる感覚だ。

先ほどまでの感情が掻き消え、むしろ幸福が溢れ出した。絶対的な安心感。互いへの信頼。自分は愛されているという確信。

それがロアの心の中に満ちる。

だがグリおじさんはここにはいない。離れた場所で、現れたものと対峙していた。

近くにはいないのに、グリおじさんの存在を傍に感じる。

「くーん」

心配げに見上げてくる青い魔狼を、ロアは抱きしめる。その身体は温かかった。

「そうか……」

これが、従魔契約によって魔力回廊(かいろう)を結んでいるということなのだろう。今まで意識したことはなかったが、ロアはグリおじさんとの強い繋がりを確かに感じていた。

ロアはグリおじさんが対峙している存在を見据える。

「あれが、大魔術師死霊(グレーターリッチ)……」

辛うじて原形を留めているだけのボロボロの外套(ローブ)。それ以外は闇だ。深く被ったフードの奥も、淀んだような影が満ちているだけ。手足も闇の塊だ。

外套(ローブ)を纏う人型の影。

人間はその姿を目にするだけで心を病み、絶望し、戦うどころか動くこともできずに死に至ると言われている存在。それが大魔術師死霊(グレーターリッチ)だった。

一目見た瞬間に感じた恐怖は、今はもうロアの心の中にはない。

従魔契約で繋がっているグリおじさんの存在を感じ、心は落ち着いていた。

考えてみれば、従魔契約して以来、ロアの心は常に落ち着いていた。それはグリおじさんと双子が傍にいてくれるおかげかと思っていたが、従魔契約の影響もあったのだろう。

〈我が眠りを妨げるのは誰だ……〉

地の底から響くような声が聞こえる。

ロアにもその声が聞こえるのは、大魔術師死霊(グレーターリッチ)が元々人間であった魔獣だからだろうか……。

〈その古臭い口上(こうじょう)をまだ使っているのか？　誰も何も、我が来ていることは知っていたであろう？〉

〈……〉

ロアはなぜか、大魔術師死霊(グレーターリッチ)が笑ったように感じた。

〈相変わらず、不死者(アンデッド)の辛気臭(しんきくさ)い雰囲気を撒き散らしおって〉

〈お前も、相変わらずなのだな……〉

その声には、呆れたような雰囲気が含まれている。撒き散らしている恐怖の気配に反して、気のいい存在なのではないかと、ロアは感じた。

不死者(アンデッド)は人としての意識を失っているものだが、この大魔術師死霊(グレーターリッチ)には残っているのだろう。それが大魔術師死霊(グレーターリッチ)の特性なのかは、ロアには分からない。

〈たかだか数十年で変わるわけがないであろう〉

〈数十年……そうか、その程度か……〉

〈時の感覚すらなくしたボケ老人め〉

穏やかな会話。グリおじさんの表情も穏やかで、とても敵対しているようには見えない。

ロアはこの二人の間に、言い知れない繋がりを感じる。純粋に敵というよりは、好敵手(ライバル)のようなものだったのではないかと、推測した。

〈それで、何の用だ？　離れて見ている子供の知見(ちけん)を広めるために来たわけではないのだろう？〉

子供とは、ロアのことだ。大魔術師死霊（グレーターリッチ）からすれば、ロアは子供でしかない。それも年端（とし は）もいかない子供だ。

ロアは成人しているが、自分が成長不良で年齢相応に見えないことは自覚しているので、すんなりとその事実を受け入れた。

〈貴様を倒しに来たに決まっているであろう？　我と貴様の関係で、それ以外に何かあるか？〉

〈では、我々の愚（ぐ）にもつかない関係を終わらせる手立てを見つけたということか？　なるほど、あの瓶の中身か。上位の治癒魔法薬のようだな。お前のような粘着質な性格をしていても、諦めて他人を頼ることもあるのだな……〉

大魔術師死霊（グレーターリッチ）の声色はどこか期待に満ちているように、ロアには感じられた。それと同時に、寂しげな感じも含んでいた。

〈ふふふふ……小僧！　聞いたか！　これほどの力のある存在でも、その瓶の中身が「上位」だと勘違いしたぞ!!　小僧よりも、魔獣化して永遠に近い時を過ごした世捨て人の魔術師の方が常識があるようだぞ！　常識的に考えて、そのような瓶に入れて大量に持ち運ぶのは、たかだか上位までということだ！〉

グリおじさんが楽しそうに笑う。

〈なに!?　あれは……〉

〈そうだ、超位の治癒魔法薬だ〉

〈まさか……個人であれほどの量を気楽に手に入れられるほど、人の文明は発展したのか？〉

〈いや、小僧の資質によるものだ。貴様の常識と、今の世の常識はそれほどズレておらぬ。小僧が非常識なだけだぞ〉

〈なんという……あの子供は王族か何かなのかな？〉

〈非常識な平民の錬金術師だ！　そして、我の契約者だ!!〉

〈また、非常識な繋がりを持ったものだな。お前らしい……〉

　盛大にバカにされている気がする……。

　ロアはグリフォンと大魔術師死霊という人類の恐怖の対象に、酷評されているように感じた。事実、そうなのだろう。どこか呆れたような大魔術師死霊の視線が、ロアに突き刺さっていた。

〈それと、貴様の勘違いはもう一つある。貴様を倒す手段は超位の治癒魔法薬ではない。あれは小僧が我を心配して持っているだけだ。貴様は我の実力のみで倒してみせる！〉

〈ほう……〉

　大魔術師死霊の人型をした影が騒めく。もし彼に表情があるなら、歓喜に歪んでいることだろう。

〈非常識な小僧と付き合って、我も少しだけ変わったのだ！　貴様を倒すぐらい、その少しの変化で十分だ!!〉

　言い放つと同時に、グリおじさんの全身の毛が逆立つ。その身体が一回り大きく膨らんだ。

　空気が変わる。

今までの穏やかな空気は消え去った。戦いが始まる。

ロアは手を固く握りしめる。グリフォンと大魔術師死霊（グレーターリッチ）。どちらも凶悪な魔獣として知られた存在だ。戦えば、街など簡単に滅びると言われている。

その二者の戦いが、ロアの目の前で始まろうとしていた。

大魔術師死霊（グレーターリッチ）が正面に、影でかたどった手をかざす。すると、そこに一本の杖が出現した。

魔法使いの杖。

それは先端に、大きな翼のような飾りが付いていた。片側に大きく張り出しており、全体の輪郭（シルエット）は巨大な鎌のようだ。素材は何かの骨を削り出したのか、純白で、それでいて禍々しい雰囲気を発していた。

至るところに文字らしき文様が刻まれているが、残念ながらロアにはそれが何か分からなかった。

〈始めるか〉

〈我はいつでもかまわぬぞ〉

平原を吹き抜けていた風が止まった。

星明かりだけが照らす荒野。そこにグリおじさんと大魔術師死霊（グレーターリッチ）だけが対峙している。

静かだ。

何も起こっていない、ただの睨み合いのように見えた。

小さな火花が、グリおじさんと大魔術師死霊（グレーターリッチ）の間に飛んだ。

グリおじさんと大魔術師死霊(グレーターリッチ)は動かない。しかし、今、激しい戦いが繰り広げられていた。

色鮮やかな火花が静かに瞬いている。

ロアも、青い魔狼も、その様子を食い入るように見つめていた。

濃密な魔力が満ちている。魔力を感じられる者だけが理解できる、高度な魔法の戦い。

一方の魔法が発動すると同時に、相手の魔法が打ち消している。ロアの知識では、どういった攻撃がされているのか、どういった方法で打ち消しているのかは分からない。だが、確かにそこには凶悪な魔法同士のぶつかり合いがあった。

小さな火花は、打ち消し合った魔法の余波が目に見える形になったものだ。

時々、大魔術師死霊(グレーターリッチ)の持っている杖が光る。

〈忌々(いまいま)しい杖め〉

グリおじさんが苦々しく呟く。

杖が光る度に、周囲に満ちた魔素が杖に吸収されていた。杖は単純な魔法使いの杖ではなく、魔力を補充する魔道具なのだろう。今の技術では再現不可能な古代の魔道具に違いない。

〈常世(とこよ)の杖の悪口はやめてもらおう。杖を真似て魔法を作り出した贋作師(がんさくし)が〉

グリおじさんもまた、魔法で疑似的な魔道具を作り出して周囲の魔素を吸い上げ、魔力を補充している。それは大魔術師死霊(グレーターリッチ)の杖とほぼ同じ能力だった。

大魔術師死霊(グレーターリッチ)の言葉通りなら、グリおじさんが杖の機能を真似て作り出した魔法ということになる。

　双方ともに周囲の魔素を利用しているため、単純な魔力切れを起こすことはない。

　ただ、それでも魔法を使い続けている限りは、終わりが来る。周囲の魔力……集められる範囲の魔素が尽きれば、いずれは補充は不可能になるだろう。

〈……グリフォンよ。このままではいつもと変わらないのではないか？　辺りの魔素を使い切り、決着がつかずに終わるだけだろう〉

　しばらく静かな戦いは続き、その果てに大魔術師死霊（グレーターリッチ）が寂しげに言った。グリおじさんもそれを察しているのか、表情を変えることもなく、大魔術師死霊（グレーターリッチ）を見つめるだけだった。

〈……貴様は、小僧の従魔となる気はないか？〉

　わずかに考えたグリおじさんは、返答にならない返答をした。

〈お前、何を？〉

　大魔術師死霊（グレーターリッチ）の動揺が伝わってくる。離れて聞いていたロアもまた動揺した。

　大魔術師死霊（グレーターリッチ）どころか、魔術師死霊（リッチ）すら従魔になったなどという話は聞いたこともなかった。そもそも、魔術師死霊（リッチ）が不死者（アンデッド）を使役する立場だろう。

　闇の魔法に死霊魔法（ネクロマンシー）というのがあるが、あれは魔法で死体や魂を操っているだけなので、従魔にしているのとはまた違う。

〈小僧に名を与えられ、従う気はないかと聞いている。貴様は人から成り上がった魔獣ゆえ、どれほどの効果があるかは分からぬが、小僧に従えば心を埋め尽くす恨みも薄まり、楽になるはずだ。あの城塞をオマケに付けてやってもいい〉

　グリおじさんの目は真剣だ。冗談で言っているようには見えない。だが、その内容は滅茶苦茶だ。

〈……なるほど、私の動揺を誘っているのか〉

〈そうではない！〉

〈では、その子供に仕えさせ、私に何をさせようというのだ？〉

〈………その、不死者（アンデッド）たちを使って農業などどうだ？　ここには広大な土地があるぞ！〉

　白けた空気が流れた。

　グリおじさんはサッと、大魔術師死霊（グレーターリッチ）から目を逸らす。何も考えずに思い付きで言ってしまって気まずくなったのだろう。考えて発言していないのが丸分かりの受け答えだった。

〈そこは、不死者（アンデッド）たちを使って、大国を攻め落とさせるとか言うべきではないか？〉

〈では、それで!!〉

〈それに何の意味があるのだ？〉

　尻馬に乗ったグリおじさんを、大魔術師死霊（グレーターリッチ）はバッサリと切り捨てた。

〈それは私の望みではない〉

　強く言い放った大魔術師死霊（グレーターリッチ）の言葉に、また空気が変わる。

　グリおじさんは嘴を強く結ぶと、大魔術師死霊（グレーターリッチ）の真意を測るように見つめる。

〈では、消えるがいい〉

グリおじさんのその声は、どこか寂しげだった。

その様子を見ていたロアは、胸が締め付けられるのを感じた。

グリおじさんは、気に入った相手の望みをできるだけ叶えようとする。ロアが元々所属していた暁の光の従魔をしていたことでも、それはよく分かる。ロアが望まぬ結果にならないように、魔法を使えることを黙り、勇者パーティーになって増長していた暁の光の面々にも従っていたのだ。

本人は従魔ゴッコなどと言って、遊び半分だったことを匂わせていたが、かなり我慢していたことは分かる。

そんなグリおじさんだからこそ、他者の望みに敏感なのかもしれない。

先ほどの言葉で、グリおじさんは大魔術師死霊（グレーターリッチ）の望みを正しく理解してしまった。

多くの不死者（アンデッド）は、一度死んだ際に人としての意識を失い、ただ恨みを晴らすためだけに動く魔獣と化す。しかし、目の前にいる大魔術師死霊（グレーターリッチ）は、どう見ても人としての意識を残していた。

人としての意識を残したまま、不死者（アンデッド）として恨みの感情に囚われながら存在し続ける苦悩。その苦痛は計り知れない。

〈逃がさぬぞ〉

〈なに!?〉

強く、風が吹く。

それはグリおじさんたちの方から吹き、ロアの顔面に打ち付ける。大魔術師死霊（グレーターリッチ）を取り囲むように、球状に風が渦巻いていた。

〈これは……〉

〈小僧から我は学んだのだ。打開策が見つからぬのなら、考え方を変えればいいとな。正面から力で打ち砕けぬものなら、その支えとなっているものを取り除けばいいのだ〉

グリおじさんは笑う。どこか、無理をしているように。

グリおじさんは大魔術師死霊（グレーターリッチ）の本心からの願いを叶えようとしているのだと、ロアは悟った。だからこそ、ロアの力を借りずに、治癒魔法薬を使わずに、自分の力だけで倒したかったのだろう。

〈なに、単純なことだったのだ。貴様の周囲から力の源になるものを全て奪えば良かった〉

大魔術師死霊（グレーターリッチ）は物理的な干渉ができない存在だ。しかし、その力の源が魔力であることに違いはない。肉体のない存在である彼らは、魔法だけでなく存在の維持も魔力に依存している。

ならば、魔力をなくせば、消滅する。

だが、魔力は大地に、大気に、ありとあらゆる物質に魔素の形で宿っている。

〈貴様の周囲は我が風魔法によって、まことの空（くう）と化す。貴様の知らぬ境地を味わうがいい〉

この世界の人間は、大気があることが当たり前だと考えている。いや、正しくは、大気の存在すら意識していないと言った方がいい。だが風魔法を操るグリおじさんは、真空という本当に何もない状態を知っていた。

それは風の流れが生む一瞬の出来事だが、グリおじさんは確かに認識していた。

その記憶から魔法を作り出し、全てを吸い出して、大魔術師死霊（グレーターリッチ）の周囲を真空にすることに成功したのである。

〈ぐぐぅ……〉

大魔術師死霊（グレーターリッチ）の呻きが漏れる。

これが攻撃魔法であったなら対処し、打ち消すことができただろう。大魔術師死霊（グレーターリッチ）には、それだけの力と才能があった。

しかし、周囲のものを吸い出すということは、攻撃とはほぼ逆の流れとなる。何かを生み出すのではなく、なくすのだから。

普通ではありえない魔法の使い方に、瞬時に対応することは不可能だった。

〈終わりだ〉

嘴を器用に歪めて笑うグリおじさんの顔を、ロアは悲しそうだと感じた。

〈ただでは終わらぬ！〉

大魔術師死霊（グレーターリッチ）は残った魔力を振り絞り、魔法を放つ。

それは存在を懸けた一撃だった。

闇が、大魔術師死霊（グレーターリッチ）を中心にして広がる。それは闇であるのに、光の瞬きに似ていた。

強い光が周囲を照らすように、闇が辺り一面を埋め尽くす。それは弱まりながらも、はるか遠く

まで届いていく。水面に投げられた小石が起こす波紋のように、どこまでも。

大魔術師死霊（グレーターリッチ）がどんな状態からでも放てる魔法。人の魂を求める死霊の本能と言ってもいい、死の魔法。

即死魔法、死の誘い（インヴィティションオブデス）。

それは本来であれば、周囲の人間の命を瞬時に奪い、グリフォンであっても意識を飛ばして、使っている魔法を解除する程度の効果はあるはずだった……。

〈効かぬぞ！〉

平然と、濃い闇の中でグリおじさんは言い放つ。

〈心配性の錬金術師が作り出した、非常識な即死回避の魔法薬というものがあってだな、飲めば即死魔法を打ち消す。貴様の魔法など蚊に刺されたほども効かぬわ〉

大魔術師死霊（グレーターリッチ）の存在を懸けた即死魔法であれば、グリおじさんであっても無傷とはいかなかっただろう。

だが、ロアが飲ませた即死回避の魔法薬によって、その効果の全ては打ち消されていた。もちろん、ロアも、青い魔狼もまったく何ともない。

〈ああ……〉

最後の力を振り絞って即死魔法を使った所為か、大魔術師死霊（グレーターリッチ）は自らの放った闇へと溶けていく。

闇が霧のように散る。

その散りゆく闇の中に、ロアは穏やかな顔で笑う、外套（ローブ）を纏った男の姿を見た気がした。

〈ありがとう……〉

その男が言った言葉もまた、ロアの幻聴だったのだろうか。

闇が消え去った後には、朽ちて灰のようになった外套（ローブ）の成れの果てと、劣化して煤（すす）けた色となった杖が残されているだけだった。


星明かりの下、グリおじさんは静かに佇（たたず）んでいた。

ロアと青い魔狼も静かに、その姿を見つめることしかできない。いつの間にか時は過ぎ、地平線が白み始めている。夜明けは近い。

気付けば、ロアの傍らに赤い魔狼も寄り添ってくれていた。全てが終わったことを察し、駆けつけたのだろう。赤い魔狼も同じように、グリおじさんを見つめている。ロアは挟むように寄り添ってくれる双子の魔狼を両腕で抱きしめ、その体温を確かめた。

ふと、グリおじさんがロアたちの方に顔を向ける。

〈終わったぞ！〉

「お疲れ様」

その顔は晴れやかだ。いつものグリおじさんだった。

「ばう！」

「ぼう！」

何と言っていいのか分からず、ロアたちは労(ねぎら)いの言葉をかける。

「大丈夫？」

〈ふむ。小僧たちがあの即死魔法を食らっても問題ないのは分かっておったが、残念ながら寝坊助たちも無事のようだ。距離が近過ぎて死ぬかと思っておったのだがな。小僧の魔法薬は予想以上の効果があるようだぞ〉

怖いことをさらりと言う。ロアは望郷のメンバーに危険があるなら、先に言っておいて欲しかったと思ったが、今更言っても仕方がないかと言葉を呑み込む。望郷のメンバーたちには、旅の前にひとまとめで魔法薬を渡していたが、ちゃんと飲んでくれていて良かった。

「そういう意味じゃないんだけどね。まあ、いいや」

ロアはグリおじさんに近づくと、その首元をそっと撫でた。

グリおじさんの目の前には、朽ち果ててボロボロになった外套(ローブ)と、杖が転がっていた。外套(ローブ)は風が吹く度に崩れていく。杖もひび割れ、翼のような飾りは割れて細かな破片となって、ほとんど軸だけになっていた。

「ボロボロになっちゃったね」

〈腐った魔力を長年浴び続けたのだ。支えとなっている魔力がなくなれば、朽ち果てるのは仕方がないことだな。もう使い物になるまい〉

「ふーん」

ロアは気のない返事をした。ロアの目は杖に釘付けになっている。ロアの見立てが正しいなら、杖の素材は何かの魔獣の骨だ。巨大な魔獣の骨を削り出し、その形を作ったのだろう。

金属に劣らない硬さを誇り、大魔術師死霊（グレーターリッチ）という高位の不死者（アンデッド）の魔力に耐え続けた骨。きっととんでもなく希少なものだろう。例えば、大型のドラゴンのような……。

〈拾って再利用できないか、などと考えてはおらんだろうな？〉

「え？」

図星だった。グリおじさんに言われるまで、ロアは何か利用方法はないかと考えていた。そのまま使うのは無理でも、粘土（ねんど）に練り込んで焼き物にしたり、煮たり蒸したりして成分を抽出できないかと想像を膨らませていた。

〈不死者（アンデッド）が使っていた杖など、呪われそうだからやめておけ。どこか適当な場所に突き立てて、捨てておけばいい〉

「……そうだね。そうした方が……」

ロアがグリおじさんの方に目を移すと、いつの間にか、グリおじさんの目の前に土が盛られて山となっていた。ロアの腰ぐらいの高さだろうか、きれいな円錐形（えんすいけい）をしている小山だ。

先ほどまでそんなものはなかったのは、ロアも確認している。大魔術師死霊（グレーターリッチ）の影響で草一つ生えていない平地だった。

「グリおじさん……」

〈何だ？〉

グリおじさんは、ロアから目を逸らしており、なんとなく気まずそうにしていた。杖と共にそこにあったはずの外套（ローブ）も見当たらない。たぶん、土の山の下に埋められているのだろう。

「そこに突き立てればいいの？」

〈我は適当な場所に突き立てておけばいいと言っただけだ。好きにするがいい〉

「そっか」

ロアは杖を拾い上げると、その土の山の中心に突き立てた。同時に、グリおじさんが土魔法で圧縮し、土の山を岩に変える。

土が圧縮され、ロアの膝くらいの高さになった円錐形の岩。そこに突き立った白い杖。

それはどう見ても、墓標（ぼひょう）だった。

「ありがとう」

ロアが微笑みと共に呟く。

〈なぜ小僧が礼を言うのだ！　そもそも我は礼を言われるようなことなど……〉

グリおじさんがその言葉に慌てる。どうも、照れているらしい。

「言いたくなっただけだから。何でもないよ」

〈そ、そうか？〉

地平線に朝日が覗き、その光が墓標となった白い杖を輝かせるのだった。

スープのいい匂いにつられてディートリヒが目を覚ますと、最初に目に入ったのは、慌ただしく朝食の準備をしているロアだった。

〈よく眠ったようだな、寝坊助！〉

清々しい朝に、一番耳にしたくない声が聞こえたので、ディートリヒは全力で無視することにする。

朝日はすでに昇っており、辺りはまだ湿った空気を感じるものの明るい。日が落ちる頃に眠ったのだから、明らかに寝過ぎだ。

施された術の影響なのか、それとも追加で何かの魔法をかけられたのかは分からないが、どちらにしてもグリおじさんの所為に違いない。身体を起こすと、ディートリヒは真っ先にグリおじさんを睨みつけた。

周囲を見渡すと、ディートリヒの横で、望郷のメンバーが同じように寝ぼけ眼で周囲を見渡していた。彼らも今起きたところらしい。

「……何事もなかったみたいだな」

「何もなかったですよ！」

ディートリヒの呟きに、やけに爽やかな笑顔でロアが答えて返した。ロアらしくない即答と、異様なほどの良い笑顔に違和感を覚えて、ディートリヒは眉根を寄せた。

「……やけに機嫌がいいみたいだな？」

「そうですか？　いつも通りですよ？」

嘘臭い。と思いながらも、ディートリヒはそれ以上の追及をやめた。見たところ何の問題もないのは確かだ。それにロアは無理して笑っているというよりは、本心から楽しげに笑っているように見えた。

望郷が寝ている間に、何か良いことがあったのだろう。

ロアは朝食の準備をしながら、馬たちに飼葉(かいば)を与えていた。

馬は動く巨大骸骨(ギガントスケルトン)戦の前に、戦いに巻きこまれないように逃がしていたが、明るくなってから双子の魔狼に頼むと、あっさりと集めてきてくれた。

魔獣などに襲われた感じもなく、大魔術師死霊(グレーターリッチ)が周囲に撒き散らした即死魔法の影響もないようで元気だ。ロアが事前に、水に即死回避の魔法薬を混ぜて飲ませていたのが良かったのだろう。

ロアは馬の世話をしながら考える。

グリおじさんは誰かの望みを叶える時、いつも手を抜かない。その努力の方向性がおかしな時があるし、遊びやイタズラを混ぜることもあるが、それでも本気で行動している。

相手の本当にして欲しいことの結果が、自分にとって辛いことでも成し遂(と)げる。

「オレも、頑張らなくちゃ」

そんなグリおじさんが、手伝ってくれているのだ。手を抜かず、前向きにいこうとロアは考えた。

「ばう！」

「ばう！」

双子の魔狼が、ロアと馬たちの周りを駆け回る。馬は少し迷惑そうな顔をしていたが、暴れることはない。悪意がないことを感じ取っているのだろう。

グリおじさんは魔法で土を盛って、一段高い場所から寝そべった状態で呑気に周囲を見渡していた。

まだ起き抜けの望郷のメンバーは、装備を整えながら、しっかりと目を覚ますために軽く身体を動かしている。これからの戦いに備えるためだろう。

その戦いは、本来なら望郷には関係ないものだ。

それでも彼らは真剣に取り組もうとしている。

自分を支えてくれる仲間がいることに、ロアは喜びを隠しきれない。

「それじゃ、朝食にしましょうか！」

〈食事の後は、いよいよ我が古巣だからな！　気を引き締めるのだぞ！　楽しくなるぞ!!〉

いつもなら不安を感じるようなグリおじさんの言葉。

「うん！」

だが、ロアは迷いのない笑顔で、それに頷いて答えたのだった。

●各定価：本体1200円+税
●illustration：マツモトミツアキ
1～15巻 好評発売中！

CV 深澄 真：花江夏樹
巴：佐倉綾音 澪：鬼頭明里
監督：石平信司 アニメーション制作：C2C

異世界へと召喚された平凡な高校生、深澄真。彼は女神に「顔が不細工」と罵られ、問答無用で最果ての荒野に飛ばされてしまう。人の温もりを求めて彷徨う真だが、仲間になった美女達は、元竜と元蜘蛛!? とことん不運、されどチートな真の異世界珍道中が始まった！

コミックス
1～8巻
好評発売中！

漫画：木野コトラ
●各定価：本体680+税 ●B6判

この作品に対する皆様のご意見・ご感想をお待ちしております。
おハガキ・お手紙は以下の宛先にお送りください。

【宛先】
〒150-6008 東京都渋谷区恵比寿 4-20-3 恵比寿ｶﾞｰﾃﾞﾝﾌﾟﾚｲｽﾀﾜｰ 8F
（株）アルファポリス　書籍感想係

メールフォームでのご意見・ご感想は右のＱＲコードから、
あるいは以下のワードで検索をかけてください。

アルファポリス　書籍の感想

ご感想はこちらから

本書は、「アルファポリス」（https://www.alphapolis.co.jp/）に掲載されていたものを、
加筆・改稿のうえ書籍化したものです。

追い出された万能職に新しい人生が始まりました 4

東堂大稀（とうどうだいき）

2021年 1月 31日初版発行

編集ー矢澤達也・宮坂剛
編集長ー太田鉄平
発行者ー梶本雄介
発行所ー株式会社アルファポリス
〒150-6008 東京都渋谷区恵比寿4-20-3 恵比寿ｶﾞｰﾃﾞﾝﾌﾟﾚｲｽﾀﾜｰ8F
TEL 03-6277-1601（営業）　03-6277-1602（編集）
URL https://www.alphapolis.co.jp/
発売元ー株式会社星雲社（共同出版社・流通責任出版社）
〒112-0005東京都文京区水道1-3-30
TEL 03-3868-3275
装丁・本文イラストーらむ屋
装丁デザインーAFTERGLOW
印刷ー中央精版印刷株式会社

価格はカバーに表示されてあります。
落丁乱丁の場合はアルファポリスまでご連絡ください。
送料は小社負担でお取り替えします。

ISBN978-4-434-28405-2 C0093